Die deutsche Ausgabe erscheint bei
Parragon Books Ltd
Chartist House
15–17 Trim Street
Bath BA1 1HA, UK
www.parragon.com

Realisation der deutschen Ausgabe:
trans texas publishing services GmbH, Köln
Übersetzung: Petra Sparrer, Köln
Lektorat: Ulrike Reinen, Köln
Satz: Regine Ermert, Köln

ISBN 978-1-4748-6551-7

Printed in Poland

DISNEY PRESENTS
MARTINA
STOESSEL

Tini

DAS NEUE LEBEN VON Violetta

Mein neues Leben

Schlechte Nachrichten

ICH BIN SCHON WIEDER IM FLUGZEUG!

Ich weiß, inzwischen sollte ich mich daran gewöhnt haben. Schließlich hat ja auch alles mit einer Reise begonnen. Eigentlich mit einer Heimkehr, denn Buenos Aires ist für mich schon immer meine Heimat gewesen, auch wenn mein Vater, ein international bekannter Bauingenieur, mich durch die ganze Welt mitgeschleppt hat.

Obwohl ich nichts über meine Herkunft, meine Mutter und ihre Familie wusste, hat meine Heimatstadt mich mit offenen Armen begrüßt und mir Tausende unerwartete Möglichkeiten geboten. In Buenos Aires entdeckte ich meine große Leidenschaft – das Singen – und besuchte die beste Schule, die es gab: das OnBeat Studio. Und dort bin ich dann auch León begegnet, dem Jungen, in den ich mich verliebt habe.

Klar, in den letzten drei Jahren war nicht immer alles einfach für mich, aber ich habe mich voll eingesetzt, habe gekämpft, und ich habe gelernt, meine Qualitäten und mein Talent zu erkennen. Dann bin ich gestrauchelt, habe mich wieder aufgerappelt, meine Familie gefunden und entdeckt, was es bedeutet, jemanden wirklich zu lieben …

Wenn man eine berühmte Sängerin ist, kann man sich nicht häuslich niederlassen! Buenos Aires, mein Zuhause, ist deshalb für mich einfach zu einem Ort geworden, an den ich hin und wieder zurückkehre, zwischen meinen Welttourneen und den Musikvideo-Produktionen.

Und was die Liebe betrifft:

LEÓN IST DER RICHTIGE FÜR MICH! MIT IHM MÖCHTE ICH DEN REST MEINES LEBENS VERBRINGEN. ALLERDINGS LÄSST SICH DAS SCHWER VERWIRKLICHEN, WENN WIR UNS NIE SEHEN KÖNNEN!

Zu unserem Leidwesen haben wir gemerkt, wie unheimlich schwierig es ist, die Terminpläne von zwei erfolgreichen Sängern aufeinander abzustimmen. Manchmal ist uns nichts anderes übrig geblieben, als uns nur beim Umsteigen auf dem Flughafen zu treffen, um uns für eine halbe Stunde aus dem Terminkalender zu stehlen, der uns keine andere Möglichkeit ließ, als überall auf der Welt miteinander zu flirten! Aber dieses Mal ist es uns nicht gelungen, auch nur eine Minute Zeit füreinander zu haben, weil León letzte Woche zum Dreh für sein neues Musikvideo nach Los Angeles fliegen musste. Wegen der Zeitverschiebung haben wir auch kaum miteinander telefoniert – ich vermisse ihn so sehr!

Als wäre das nicht schon alles schlimm genug, hatte ich gerade einen echt merkwürdigen Traum. Ich war an einem einsamen Strand und schrieb an einem Song. Aber plötzlich blies der Wind das Notenblatt fort, und ich konnte es nicht wieder einfangen. León erschien auf einem weißen Pferd, und ich dachte „Mein Held! Er ist immer da, wenn ich Hilfe brauche!“ Aber auf einmal verschwand er mit meiner Musik am Horizont, und ich blieb ganz allein an dem einsamen Strand zurück!

Ich erwachte sehr aufgebracht und wollte sofort León anrufen. Aber die Stewardess wies mich zurecht, als ich mein Smartphone hervorholte.

WILLY, MEIN MANAGER, HAT MICH SOFORT AUF DEN BODEN DER TATSACHEN ZURÜCKGEHOLT. „DU BIST EIN STAR, MEINE LIEBE! UND WENN EIN STERN NICHT MEHR FUNKELT, ERLISCHT ER!"

Das ist sein Mantra, was er mir jeden Morgen und jeden Abend vorbetet. Manchmal denke ich, er hätte mal Ludmila begegnen sollen, als sie ihre Supernova-Manie hatte. Ich bin mir sicher, die beiden hätten sich ineinander verliebt. Na gut, er macht nur seinen Job, und ehrlich gesagt macht er ihn gut. Dank ihm habe ich gerade eine Wahnsinnstournee hinter mir. Es war mega-aufregend, eine ganz spezielle Erfahrung, die sich absolut gelohnt hat.

Aber jetzt fliege ich nach Hause und will mich nur noch zurücklehnen und abhängen, meine alten Freunde treffen und Spaß haben. Stattdessen ist mir eine Visagistin auf den Fersen, die versucht, meine Nase zu pudern, bevor ich bei lebendigem Leib von Paparazzi verschlungen werde.

Willy beobachtet mich ständig aus den Augenwinkeln, wenn er sich unbeobachtet fühlt. Es kommt mir so vor, als hätte er etwas zu verbergen. Seine Nervosität macht mir viel mehr Angst als meine unheilvollen Träume und die Turbulenzen im Flugzeug. Ich kenne Willy inzwischen, und wenn er sich so verhält, bedeutet das nichts Gutes.

Die automatischen Türen zur Ankunftshalle öffnen sich, und ich bin überrascht, so viele Leute zu sehen. Ein ganzes Meer aus Köpfen, Augen und Armen. Die Fans halten tolle Schilder hoch: „Violetta, du bist super!“ und „Violetta, du bist eine Legende!“

Aber ich habe keine Zeit, sie vor Freude alle zu umarmen, denn das Blitzgewitter und die Mikrofone bilden eine immer längere Barriere vor mir, und dann prasseln sofort die Fragen auf mich ein. Ich verstehe nur Wortfetzen: „Was denkst du?“, „Fotos“, „Skandal“, „León“, und „neue Nachricht“ – sie wirbeln in meinem Kopf umher wie geheimnisvolle Silben einer Fremdsprache. Dann gelingt es einem besonders dreisten Reporter, an den Sicherheitsmännern vorbeizukommen. Willy guckt eine Sekunde lang zur anderen Seite, was der Reporter schnell ausnutzt, um mich zu fragen: „Was können Sie uns über León erzählen?“

Eine Sekunde später taucht Willys Kopf wieder aus der Menge empor. Er legt mir den Arm um die Schultern und zieht mich weg.

„Was für eine Nachricht? Über León?“, frage ich, mit einer schrecklichen Vorahnung.

„Nichts. Komm, das Auto wartet“, antwortet Willy und meidet meinen Blick.

Ich habe also recht, es erwarteten mich Schwierigkeiten. Ich spüre förmlich, wie sich direkt über meinem Kopf Gewitterwolken bilden. Ein anderer Journalist versucht, mir die erste Seite einer Zeitung zu zeigen, aber Willy bugsiert mich schnell um ihn herum und bringt mich zum Auto, wo Angie auf mich wartet.

Angie, meine Tante, mein Vorbild und meine Verbündete! Eine Sekunde lang vergesse ich alles und werfe mich in ihre Arme. Ihr vertrautes Lavendelparfüm, das Kitzeln ihres Haars an meiner Nase …

Der Ansturm der Journalisten verwandelt sich im Nu in ein Hintergrundgeräusch.

MIR IST NUR NOCH EINS WICHTIG: ICH BIN ZU HAUSE.

TEEN
¡¡MAS QUE AMIGOS!!

Arribos
Arrivals
TUS FANS INCONDICIONALES

MAS QUE AMIGOS

Und während Willy mahnt, uns zu beeilen, ins Auto zu steigen und der Menschenmenge zu entkommen, fällt mir ein Mädchen mit einem sehr traurigen Gesichtsausdruck auf. Sie ist etwa neun oder zehn Jahre alt und hat ein Willkommensschild für mich gemalt. Jetzt bin ich endlich angekommen – und ignoriere sie!

So hatte ich nie werden wollen. Ich bin kein distanzierter und gleichgültiger Star, der seinen leidenschaftlich entflammten Fans das Herz bricht. Ich bin nicht so jemand, der die Menschen nicht beachtet, deren Gefühle ich mit meinen Songs berühre. Schließlich habe ich es meinen Fans zu verdanken, dass ich meine Träume verwirklichen kann.

Sie träumen mit mir und ich mit ihnen. Darum gehe ich zu dem kleinen Mädchen zurück, nehme das liebevoll gemalte Schild als Geschenk an und küsse die Kleine auf die Wange. Ihr Lächeln bringt mein Herz zum Schmelzen!

Als Willy mir bedeutet, endlich zu kommen, drückt mir ein Reporter etwas in die Hand. Aber dieses Mal ist es kein Fanposter oder eine Zeichnung für mich, sondern ein Boulevardblatt.

Im Auto, auf dem Weg zu einem wichtigen Interview im Fernsehstudio, zu dem ich plötzlich keine Lust mehr habe, halte ich es immer noch in der Hand. Meine Finger zittern. Ich habe Tränen in den Augen und möchte nur noch, dass jemand zu mir sagt „Keine Sorge Vilu, es ist nur ein Spaß!“ Aber Angies Besorgnis und Willys Versuche, mich abzulenken, machen alles nur noch schlimmer.

Auf dem Titelbild ist León zu sehen, *mein* León! Attraktiv wie immer, das Gesicht vom Blitzlicht erhellt, neben ihm eine hübsche Brünette. Sie stehen ganz nah beieinander, und sie umarmt ihn, um ihn zu küssen!

Ich beschließe, León anzurufen. Dafür muss es eine Erklärung geben.

TEEN MAGAZINE
new
DESCUBRE
el nuevo disco
MARINNE
Aloha Carmowna
¡¡MÁS QUE AMIGOS!!
Conquistado por Melanie
EVIE

Das kann einfach nicht wahr sein!

Am Telefon meldet sich eine Frauenstimme. Mein Herz zersplittert, und ich höre beinahe die Scherben herunterfallen.

Ich frage mich, ob ich je wieder glücklich werde. Dieser Kuss bedeutet das Ende von zu vielen Dingen. Das Ende der Unbeschwertheit meiner Schulzeit, meiner Überzeugungen das Leben und die Liebe betreffend, meines Vertrauens zu dem Jungen, mit dem ich mein Leben teilen wollte – León war alles für mich. Aber wie sich nun herausstellt, bedeute ich ihm anscheinend nicht so viel.

Wer bin ich jetzt? Was kann ich tun, was kann ich sagen, wie kann ich hoffen, die Einzelteile meines gebrochenen Herzens wieder zusammensetzen und weitermachen zu können? Ich habe keine Ahnung.

ICH REISE ZWAR IN DER WELT HERUM, UND JEDER
BEHANDELT MICH WIE EINEN STAR, ABER IN
WIRKLICHKEIT BIN ICH NOCH EIN KLEINES MÄDCHEN.
IM MOMENT MÖCHTE ICH MICH NUR IN MEINEM
ZIMMER EINSCHLIESSEN, HEULEN UND TAUSENDE VON
SEITEN IN MEIN TAGEBUCH SCHREIBEN,

Angie und Ludmila um Rat fragen und vielleicht sogar Papa, aber auf keinen Fall in ein Fernsehstudio gehen und ein Interview geben!

Als das Auto hält, kostet es mich Überwindung, auszusteigen. Meine Augen brennen, weil ich die Tränen zurückhalte, und das helle Licht im Studio ist alles andere als hilfreich. Den Moderator und die Gäste, die im Studio sitzen, nehme ich kaum wahr. Ich setze mich auf den für mich reservierten Stuhl und versuche, cool zu bleiben. Und ich lächle sogar. Ich habe keine Ahnung, was jetzt passiert …

„OKAY, VIOLETTA, DU SCHAFFST ES“,

sage ich mir selbst. „Beantworte einfach die Fragen und fang nicht an zu heulen. Wir sind hier, um über die Tournee zu sprechen, über neue Songs …“

Dann höre ich einen der Gäste sagen: „Aber jetzt müssen wir Ihnen eine unangenehme Frage stellen.“

OH, NEIN …

„Ich nehme an, Sie wissen von den Gerüchten über die Romanze zwischen León und der lateinamerikanischen Nachwuchsschauspielerin Melanie Sanchez.“

OH, NEIN, NEIN, NEIN!

Die Moderatorin schaltet sich ein: „Sie erlauben, dass wir unseren Zuschauern exklusives Bildmaterial zeigen, bevor wir die Antwort hören?“

Oh, NEIN, NEIN, NEIN, NEIN, NEIN!

Da sind sie. León und Melanie küssen sich bei einer Musikveranstaltung. Und dann erzählt Melanie Journalisten von ihrer Beziehung. Es ist unerträglich, zuschauen zu müssen, wie ein anderes Mädchen León küsst und an seiner Seite lächelt! Ich möchte die Augen schließen und nur noch von hier verschwinden. Mich zum Mond beamen!

Es ist alles wahr. Und jetzt erfahre auch ich davon – in einer Livesendung! „Über mein Privatleben werde ich nicht sprechen. Meine Fans interessieren sich für meine Musik", gelingt es mir zu sagen. Ich bewahre Haltung.

Als die Zuschauer applaudieren, fühlt sich das für mich an, als würde ich in eine große Umarmung gehüllt. Meine Fans verstehen mich; sie sind in diesem grauenhaften Moment bei mir. Innerlich bedanke ich mich bei jedem Einzelnen von ihnen.

Die Moderatorin seufzt, setzt ein falsches Lächeln auf und sagt: „Ihre Plattenfirma hat angekündigt, dass Sie eine neue CD auf den Markt bringen."

Ja, das stimmt. Bevor alles in diesem Alptraum endete, habe ich einzig und allein daran gedacht. An meine neuen Songs, die neue CD, meine nächste Tournee.

ABER JETZT? WIE KANN ICH SONGS SCHREIBEN, WENN ICH KAPUTTGEHE? WO FINDE ICH INSPIRATION?

ICH HABE NICHT DIE ABSICHT, DAS GANZE NEUE ALBUM ÜBER

MEIN GEBROCHENES HERZ ZU SCHREIBEN.

MEINE FANS LIEBEN MEINE ENERGIE,

MEINE POSITIVE EINSTELLUNG.

SIE SINGEN MEINE SONGS GERN SO LAUT SIE KÖNNEN,

DAMIT SIE SICH GUT FÜHLEN.

„Ich habe eine Entscheidung getroffen", sage ich, denn auf einmal kommt mir eine Idee.

„Ich werde mir etwas Zeit für mich selbst nehmen, um allein zu sein."

Und als ich vor der Kamera in Tränen ausbreche, sehe ich vor meinem inneren Auge schon, wie Willy aus Verzweiflung seinen Kopf gegen die Wand schlägt. Und für einen Augenblick ist mir fast zum Lachen zumute. Die Pläne meines Managers werden ein wenig warten müssen. Jetzt denke ich einfach mal an mich selbst.

DIE PLÄNE MEINES MANAGERS WERDEN EIN WENIG WARTEN MÜSSEN.

JETZT DENKE ICH EINFACH MAL AN MICH SELBST.

Reise in die Zukunft

SEIT MEINER ANKÜNDIGUNG HERRSCHT CHAOS.

Die Medien hatten ihren großen Tag. Die sozialen Netzwerke füllten sich mit Kommentaren für und gegen meine Entscheidung. Und natürlich auch mit Fotos von León und Melanie als Paar, von meinem roten Gesicht mit tränenüberströmten Wangen in der Livesendung. Was für eine Katastrophe! Ich brauche wirklich eine Pause.

Ich erzählte Ludmila alles, und sie lud mich zu sich nach Madrid ein. Aber mir war klar, sie würde mich nur auf anstrengende Shoppingtouren und zu exklusiven Partys und großen Konzerten mitschleppen. Wir wären immer im Rampenlicht und in Begleitung von Fotoreportern. Das ist Ludmilas Art, ein gebrochenes Herz zu heilen, aber ich glaube nicht, dass mir solche Aktivitäten jetzt guttun würden.

„Nichts wird je wieder dasselbe sein. Ich rufe dich an, wenn es mir besser geht", antwortete ich. Ich schickte ihr einen virtuellen Kuss und beendete den Chat. Ich mag Ludmila sehr, und nachdem wir unsere früheren Streitigkeiten beigelegt haben, schätze ich ihre übersprudelnde Lebhaftigkeit, aber gerade jetzt brauche ich ein wenig Ruhe und Frieden und einen Ort ohne Paparazzi oder Gaffer, die neugierig ihre Nase in mein Leben stecken.

Darum habe ich mich zu Hause verbarrikadiert, verbringe den Tag in eine flauschige Decke gekuschelt und versuche, nicht an das entsetzliche Unglück zu denken, das sich gerade in meinem Leben er-

eignet hat. Heute Abend bin ich so traurig, dass ich nicht einschlafen kann. Völlig verzweifelt! „Es ist spät. Du darfst nicht so lange aufbleiben“, sagt Papa, als er in die Küche kommt. „Hast du mit León gesprochen?“, fragt er, und ich fange wieder an zu weinen. Durch meinen Tränenschleier sehe ich, dass Papa mir einen Briefumschlag gibt, auf dem mein Name steht. „Was ist das?“

„Eine Einladung von Isabella, einer sehr guten Freundin von mir und deiner Mutter. Sie hat eine tolle Villa in Süditalien und lädt Nachwuchskünstler dorthin ein, damit sie an ihren Talenten arbeiten können.“

Papa sagt, Isabella würde sich total freuen, wenn ich komme. Dass er mich nicht zwingen will, Isabella zu besuchen, weil ich erwachsen bin und das Recht habe, selbst zu entscheiden, was ich tun möchte. Aber er ist überzeugt, dass es eine gute Idee ist.

Also verlasse ich Buenos Aires am nächsten Tag. Es regnet in Strömen, was perfekt zu meiner seelischen Verfassung passt. Ich werde zurückkommen, aber es fühlt sich an wie ein Abschied für immer.

WAS AUCH PASSIERT:

WENN ICH ZURÜCKKOMME,

WERDE ICH NICHT MEHR DIESELBE VIOLETTA SEIN,

DIE JETZT ALLE KENNEN.

DA BIN ICH MIR GANZ SICHER.

SÜDITALIEN HAT EINE ERSTAUNLICHE WIRKUNG AUF MICH.

Den einen Kontinent habe ich bei Regen verlassen, und nun betrete ich einen anderen, auf den die Sonne brennt. Ich kenne niemanden. Ich bin ganz allein mitten in der Hektik geschäftiger Menschen, die mir nicht die geringste Beachtung schenken. Und ich habe beim Packen ein bisschen übertrieben, denn mein Koffer wiegt eine Tonne und lässt sich echt schwer schieben.

Brauche ich diese ganzen Sachen wirklich? Das Einzige, das mir wirklich wichtig ist und ohne das ich nie sein kann, ist die goldene Brosche mit dem Buchstaben „M“, ein Andenken an meine Mutter. Ich habe sie mitgenommen, um zu spüren, dass sie mir nach all den vielen Jahren noch nah ist, auch wenn ich weit von Zuhause weg bin. Papa hat mir erzählt, dass meine Mutter Sizilien geliebt hat, und deshalb bin ich sehr glücklich, hier zu sein, bei ihrer früheren Freundin. Auf diese Art erfahre ich etwas mehr über sie. Natürlich nur, wenn ich den Typen endlich finde, der mich hier am Hafen abholen soll!

Dann sehe ich ein kleines Fischerboot an einer Stelle, wo man es kaum sieht. Auf dem unteren Deck hält ein Junge mit finsterer Miene einen Block hoch wie ein Schild. Was darauf steht, kann ich nicht lesen. Könnte das Russisch sein? Aber irgendwie sieht es vertraut aus – und plötzlich macht es klick: Ich drehe meinen Kopf und erkenne: Da steht in verschachtelten Buchstaben mein eigener Name, nur dass der Junge den Block verkehrt herum hält.

„Ist alles in Ordnung?“, fragt mich ein anderer Junge, der plötzlich aus der Kabine auftaucht. Er ist groß, hat braune Haare und leuchtende dunkle Augen. Ich werde rot: Er sieht echt gut aus, und die Sonne leuchtet ihn von hinten an wie eine Erscheinung.

„Isabella hat uns geschickt, um dich abzuholen“, sagt er mit breitem Lächeln. Er heißt Caio und der düster wirkende junge Mann Roko. Caio hilft mir, meinen Riesenkoffer ins Boot zu hieven und steuert dann aufs offene Meer. Roko hält sich abseits und ist völlig vertieft in die elektronische Musik aus den großen Kopfhörern, die ihn vom Rest der Welt isolieren. Eloisa, die andere Passagierin auf dem Boot, ist sein genaues Gegenteil. „Ich bin das andere neue Mädchen“, sagt sie und stellt sich vor.

Aus ihren Worten schließe ich: Eloisa muss auch ein Gast in der Villa sein und ist wie ich gerade angekommen. Sie hat langes, welliges braunes Haar, ein erfrischendes, ungezwungenes Lächeln und trägt ein beigefarbenes Top, ausgefranste Shorts und Stiefeletten. Dieses Mädchen strahlt Energie aus und ist mir sofort sympathisch.

Eloisa erzählt mir, dass sie Fotografin werden will, was ich mir schon gedacht habe, weil sie eine Kamera dabei hat, mit der sie voller Eifer selbst völlig unbedeutende Kleinigkeiten ablichtet. Wir sind mitten in einem Naturparadies: kristallklares Meer, eindrucksvolle Felsformationen, hübsche, an der Küste versprenkelte Dörfer. Aber Eloisa interessiert sich offenbar mehr für Detailaufnahmen von meiner Hand oder der Spitze von Rokos Schuhen.

„Es gibt jede Menge Postkarten und Bildbände von der Küste“, erklärt sie mir enthusiastisch. „Ich fotografiere lieber das, was den Leuten nicht sofort auffällt – Details, winzige Lebewesen … So suche ich nach meiner eigenen Version der Welt.“

Caio

Eloisa

Roko

ER IST ECHT HÜBSCH IM HELLEN SCHEIN DER SONNE.

PLÖTZLICH BEGINNT MEIN HERZ ZU RASEN.

„MEINE EIGENE VERSION DER WELT."

VIELLEICHT IST ES GENAU DAS, WAS ICH SUCHEN MUSS.

NACH ALLEM, WAS PASSIERT IST, FÜHLE ICH MICH VERLOREN

UND WIE EIN FREMDKÖRPER.

ABER ICH BIN DOCH IMMER NOCH ICH SELBST, ODER?

Vielleicht ist die Welt aus dem Fokus geraten, wie auf einem von Eloisas Fotos, und ich muss nur das richtige Objektiv finden, um sie wieder in mein Blickfeld zu holen? Oder ich selbst bin es, die aus dem Fokus geraten ist, sodass diese Reise zu einem Weg werden kann, auf dem ich mich selbst wieder neu definiere.

„Na los, mal schauen, ob wir die Seele des Kapitäns auf einem Foto einfangen können!", sagt Eloisa, und bevor ich antworten kann, zieht sie mich zu Caio hinauf auf die Brücke. Er erzählt uns, dass er der Sohn eines Fischers ist, und Eloisa versucht, das perfekte Foto von ihm zu machen. Sie geht einen Schritt zurück und dann noch einen und noch einen – und fällt über Roko, der ausgerechnet in diesem Moment die unglückselige Idee hatte, sich zu uns zu gesellen. Die beiden taumeln die Leiter hinunter, und Caio eilt los, um ihnen zu helfen.

„Nimm das Steuer!", ruft er mir zu, und ich packe es mit ganzer Kraft.

Was soll ich jetzt machen? Ich habe noch nicht einmal den Führerschein, schon gar nicht für ein Boot!

Die Nadel auf dem Kompass zeigt weiterhin geradeaus nach vorn, und das Fischerboot gleitet sanft durch das Meer. Ich bin begeistert. Ich schaffe es! Es ist gar nicht so schwer! Weiter so, Violetta: Wenn du dich konzentrierst, schaffst du alles, was du willst!

TUT-TUUHT!

Noch gerade rechtzeitig drehe ich mich um und sehe ein Motorboot auf uns zurasen. Tja, vielleicht kann ich doch nicht alles schaffen. Zum Beispiel habe ich keine Ahnung, wie man lenkt! Ich reiße das Steuer herum und schließe die Augen, aus Angst vor dem, was jetzt passiert.

WAS SOLL ICH JETZT MACHEN? ICH HABE NOCH NICHT EINMAL

DEN FÜHRERSCHEIN, SCHON GAR NICHT FÜR EIN BOOT!

Isola de

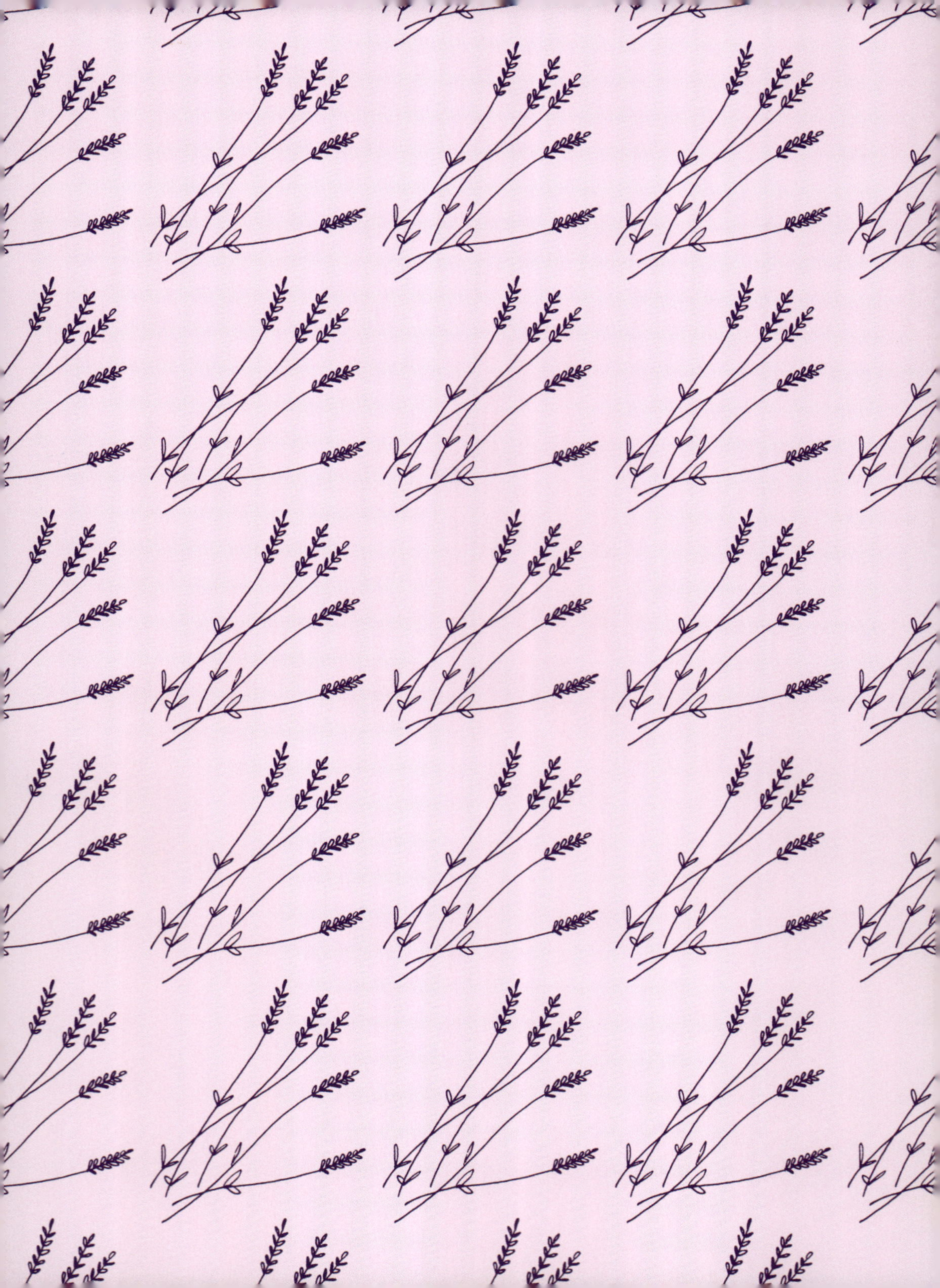

Ein Traumhaus

KAUM ZU GLAUBEN: WIR SIND ALLE NOCH GANZ.

Eloisa, Roko und Caio triefen vor Nässe, weil die hohe Welle von dem Motorboot das untere Deck des Fischerboots getroffen hat, aber keiner ist über Bord gegangen. Allerdings ist mein Koffer über die Reling gepurzelt, als ich das Boot gewendet habe, und auf den Grund der Bucht gesunken, zusammen mit meinem Handy.

Bevor ich ihn davon abhalten kann, zieht Caio sein T-Shirt aus und taucht ins Wasser hinunter, um meine Sachen zu holen. Der Fahrer des Motorboots, das fast mit uns zusammengestoßen wäre, springt ebenfalls ins Wasser – dem Blick nach zu urteilen, den er Caio zugeworfen hat, wahrscheinlich eher aus Konkurrenzgehabe denn aus Selbstlosigkeit.

Sie scheinen sich zu kennen, und es ist völlig klar, dass sie sich nicht leiden können. Und wenn Jungs sich so verhalten, gibt es immer Ärger.

„Lasst es sein!", rufe ich ihnen noch nach und versuche, sie aufzuhalten, aber eine Sekunde später sind sie unter Wasser verschwunden. Ich sehe nur noch verschwommen die Bewegungen ihrer Beine, und dann gar nichts mehr. Und wenn sie jetzt wegen meines Koffers ertrinken? Das würde ich mir nie verzeihen!

Sei nicht albern, Violetta, sage ich zu mir selbst. *Die Jungs sind auf dieser Insel aufgewachsen. Sie können schwimmen wie Fische!*

Aber wie lange können sie unter Wasser bleiben ohne Luft zu holen? Ich bemerke, dass ich meinen Atem mit ihnen anhalte.

„Los, kommt! Was macht ihr da unten?! Bitte kommt wieder rauf!“ Und als ich schon „Hilfe!“ rufen will, in der Hoffnung, dass ein Fischer kommt, um sie zu retten, tauchen Caio und sein Rivale wieder auf. Caio hat eine Socke in der Hand, und sein Rivale hält mein Handy wie eine Trophäe hoch. Was für ein Pech, dass es triefend nass ist und zu nichts mehr zu gebrauchen. Das ist nun alles, was ich besitze – ein durchnässtes Handy und eine Socke. Caio klettert wieder an Bord und gibt mir die Socke, und der andere Junge, der Stefano heißt, reicht Roko das Handy.

„Tut mir leid, Violetta“, sagt Caio und schaut ins Wasser, das den Rest meiner Kleidung geschluckt hat. „Oh, und das hier konnte ich noch retten.“

ER HÄLT MIR EINEN DUNKLEN SAMTBEUTEL HIN. MEIN HERZ MACHT EINEN SPRUNG. MAMAS GOLDBROSCHE!

Ich drücke ihn erleichtert an meine Brust. Der Rest ist mir egal! Klar tut es mir leid, dass ich meine Kleidung verloren habe, aber zum Glück ist das einzig Wertvolle aus dem Koffer in Sicherheit, und ich werde darauf achten, dass ich es von nun an immer bei mir trage.

Es könnte auch ein Wink des Schicksals sein! Schließlich ist dies ein Neuanfang, und da ist es kein Drama, dass ich die Dinge verloren habe, die mich mit meinem früheren Leben verbinden.

„Hey, wo habe ich dich denn schon mal gesehen?", fragt mich Stefano aus seinem Motorboot. Er ist davon überzeugt, dass er mir schon mal auf den Skihängen von St. Moritz begegnet ist, aber als ich ihm sage, dass ich dort noch nie gewesen bin, wird ihm klar, dass er mich im Fernsehen oder in der Zeitung gesehen haben muss.

„Bist du berühmt?", fragt er und grinst. Es sieht ganz danach aus, als ob er mich überreden will, auf seinem Motorboot mit ihm abzuhauen.

Als wäre ich an dieser Zurschaustellung von Reichtum interessiert. Jungen können manchmal unfassbar blöd sein! Also blicke ich ihn kalt an und sage: „Dein Boot hat wesentlich mehr Charme als du." Verärgert rast er mit vollem Tempo davon und erzeugt eine riesige Welle, die uns noch einmal durchnässt. Ich hoffe, ich begegne ihm nicht wieder.

Am Hafen macht Caio uns mit Gigino bekannt, der uns mit seinem Jeep zu Isabellas Villa bringt. Von der felsigen Küste aus bewundern wir das klare türkisfarbene Meer. Der Blick von der Schotterpiste auf

die untergehende Sonne, die die Berge küsst, ist atemberaubend. Und als ich gerade denke, dass ich heute schon die schönsten Ausblicke genossen habe, taucht Isabellas Villa vor mir auf. Den alten Landsitz in einer sanften Hügellandschaft umgeben herrliche Zitronenhaine. Die abendliche Brise trägt uns den fantastischen Duft der Bäume entgegen, gemischt mit dem von Kräutern, Lavendel und Seeluft.

Am Eingang wartet Isabella. Sie ist genauso wie ich sie mir nach der Beschreibung meines Vaters vorgestellt habe: eine elegante Frau mit langem grauem Haar und einem warmen Lächeln.

„Willkommen!“, begrüßt sie uns und umarmt Eloisa und dann mich.

Vielleicht liegt es an ihrem Parfüm, dass ich mich sofort in meine Kindheit zurückversetzt fühle. Einen kleinen Moment lang kommt es mir so vor, als hätte ich sie schon immer gekannt. Ihr Lächeln sagt mir, dass alles gut werden wird und ich mich hier sicher fühlen kann.

„Gigino, bring Eloisas und Tinis Taschen in ihre Zimmer“, höre ich Isabella sagen.

UND ALS ICH GERADE DENKE, DASS ICH HEUTE SCHON DIE SCHÖNSTEN AUSBLICKE GENOSSEN HABE, TAUCHT ISABELLAS VILLA VOR MIR AUF.

Tini? Ich schaue mich um, ob noch jemand da ist, aber hinter uns steht niemand außer Roko. Isabella korrigiert sich sofort: „Tut mir leid, ich meinte Violetta!"

Dann zeigt sie uns das Haus, ohne mir Gelegenheit zu geben, nach einer Erklärung zu fragen.

SIE SAGT UNS, DAS BESTE AN DIESEM ORT,
NOCH BESSER ALS DER BEEINDRUCKENDE
AUSBLICK, LIEGE IN DEN HERZEN DER JUNGEN
TALENTE, DIE HIERHERKOMMEN, UM IHRER
KREATIVITÄT FREIEN LAUF ZU LASSEN.

Sie stellt uns Miranda vor, einer eifrigen jungen Modedesignerin. Mit ihrem herzförmigen Gesicht und glattem Haar strahlt Miranda Kraft und Leichtigkeit zugleich aus. Sogar ihre Entwürfe, die überall herumliegen, zeugen von einer einzigartigen und originellen Persönlichkeit.

„Hey Mädels! Endlich ein wenig Gesellschaft!", lächelt Miranda. „Ich kam mir schon vor wie Isabellas einzige Tochter. Sie hat mich total verwöhnt!"

Wir plaudern ein bisschen mit Miranda und gehen in einen sehr schönen, unterirdischen Teil des Hauses: Der alte Keller ist in ein Atelier mit einer Probebühne umgewandelt worden. Hier treffen wir auf Raul und Saul, auch „die Cousins" genannt, und sie sind tatsächlich

Miranda

Raul & Saul

Cousins, obwohl man sie für Zwillingsbrüder halten könnte. Sie sind so aufeinander eingespielt, dass jeder von ihnen den Satz des anderen zu Ende führen kann. Raul ist ein Installationskünstler für digitale Medien und Saul träumt davon, Bühnenmanager international bekannter Bands zu werden. Sie bereiten eine Hologramm-Show vor und haben ein bisschen davon vorgeführt. Echt verblüffend, muss ich sagen!

PI
5901

Zuletzt zeigt uns Isabella das Zimmer von Roko. Es ist mit Instrumenten, Synthesizern und fremdartigen Geräten vollgestellt. „Roko ist absolut einzigartig, ein ungewöhnlicher Musiker", erklärt Isabella uns.

BEI DEM RUNDGANG DURCH DIE VILLA LASSE ICH MICH VON DEN FOTOS ALL DER JUNGEN LEUTE BEZAUBERN, DIE EINMAL HIER GEWESEN SIND. SIE SEHEN ALLE SO ENTSCHLOSSEN UND BEGEISTERT AUS!

Meine neuen Gefährten scheinen sehr klare Vorstellungen von dem zu haben, was sie wollen. Ähnlich wie ich, aber ich fühle mich ein wenig verloren. Bis vor Kurzem dachte ich noch, mein Leben und meine Karriere seien auf dem richtigen Weg, aber die grauenhafte Situation mit León gibt mir das Gefühl, ich hätte mich verirrt.

Sie hat mich nicht nur dazu gebracht, an meinen Gefühlen zu zweifeln, sondern ich zweifele jetzt auch an meiner Karriere.

Ich wusste, dass es schwer sein würde, ein Star zu sein, immer im Mittelpunkt zu stehen. Aber ich will mit meiner Musik berühmt werden. Ich hoffe, dass meine Fans sich eines Tages an meine Konzerte erinnern werden, an meine Lieder und meine Stimme. Ich möchte die Soundtracks für die besonderen Momente in ihrem Leben schaffen, aber kein Futter für die Klatschspalten und die Gerüchteküche sein.

ICH MÖCHTE SEIN … WIE MEINE MUTTER! DIESER GEDANKE SCHIESST MIR DURCH DEN KOPF WIE EINE OFFENBARUNG.

Meine Mutter war eine große Sängerin. Leider starb sie, als ich noch sehr klein war, aber immer wenn Leute mit mir über sie sprechen, haben sie mir wundervolle Dinge über sie erzählt: „Wir waren bei ihrem Konzert in Spanien, und dort lernte ich meinen Mann kennen“ und „Meine Tante spielte uns ihre CDs im Auto vor, und wir sangen mit, so laut wir konnten“ und „Ihr habe ich es zu verdanken, dass ich Musiker geworden bin.“

So möchte ich sein. Meine Kunst soll für andere wegweisend sein. Aber man kann nicht berühmt sein, ohne zum gefundenen Fressen für Paparazzi und Klatschkolumnisten zu werden. Das ist der Preis, den man bezahlen muss. Und jetzt fühle ich mich wie gelähmt. Sobald ich anfange, einen Song zu schreiben, sehe ich statt der Worte auf dem Blatt das Bild von León und Melanie vor mir.

Lange bleibt nicht geheim, wer ich bin, und meine Gefährten beim Abendessen freuen sich, mich dabeizuhaben. In Windeseile sind die Zuständigkeiten verteilt, um einen großen Auftritt zu organisieren. Roko mischt die Bässe ab, Miranda kümmert sich um die Kostüme, Eloisa fängt mein wahres Wesen ein, um das Cover für mein nächstes Album zu gestalten, und Raul und Saul entwickeln eine 3-D-Lichtshow mit Hologrammen …

„Bitte, Leute, könnt ihr mir eine Sekunde zuhören? Hört jemand, was ich zu sagen habe?“, rufe ich und klinge dabei ein wenig ener-

gischer als beabsichtigt, was ihre Begeisterung dämpft. „Ich bin euch für all das dankbar, aber ich bin hierhergekommen, weil es mir zu viel geworden ist, zu sein, wer ich bin.“

Ich erzähle ihnen, dass ich im Moment nur ein normales Mädchen meines Alters sein will, um alles Unangenehme zu vergessen und neue Songs zu schreiben, vor allem aber, um eine Pause zu machen, zu mir selbst zurückzufinden und wieder Spaß am Leben zu haben.

SIE SIND ALLE SEHR VERSTÄNDNISVOLL UND HABEN SOFORT NEUE IDEEN, UM MICH ABZULENKEN, DAMIT ICH MICH ZU HAUSE FÜHLEN KANN. ZUM BEISPIEL TANZEN UND EINE PARTY FEIERN!

Roko hat für heute Abend einen DJ-Liveact am Strand geplant, das soll ein Riesenevent werden! „Ganz in Weiß“, lautet der Dresscode. Deshalb nimmt Miranda mich und Eloisa mit in ihr Atelier, und probiert weiße Kleider und Stoffe an uns aus.

IM MOMENT WILL ICH NUR EIN NORMALES MÄDCHEN MEINES ALTERS SEIN, ALLES UNANGENEHME VERGESSEN UND NEUE SONGS SCHREIBEN. VOR ALLEM ABER MÖCHTE ICH EINE PAUSE MACHEN, ZU MIR SELBST ZURÜCKFINDEN UND WIEDER SPASS HABEN.

Wahrscheinlich wissen die anderen von León und meinem problematischen Liebesleben, denn sie vermeiden das Thema Liebe rücksichtsvoll und helfen mir, einen wundervollen Nachmittag zu verbringen. Wir quatschen und lachen zusammen und sprechen über ihr Leben.

Als Isabellas Köchin Enza mit einem Tablett hereinkommt, auf dem sich köstliches Essen türmt, tanzen wir wie Kinder. Enza ist die italienische Version von Olga, unserer Haushälterin in Buenos Aires, die unglaublich tolle Kuchen und Kekse backen kann.

„Bitte schön!“ Und an mich gewandt erklärt sie: „Es ist uns eine Ehre, jemand so Berühmtes hier zu haben!“

Miranda, Eloisa und ich lassen uns schweigend die Mandelkekse und frische Limonade schmecken, hingerissen von den Düften und Aromen.

ZUM ERSTEN MAL SEIT EWIGEN ZEITEN
FÜHLE ICH MICH ENTSPANNT UND
IM EINKLANG MIT MIR SELBST.

Endlich ohne Termindruck, Abflugzeiten, Fotoshootings und peinliche Fragen, die es zu beantworten gilt …

Das Einzige, was mich im Moment interessiert: Bloß kein Krümelchen dieser köstlichen Mandelkekse zu verschwenden und mir ein hübsches Kleid auszusuchen, damit ich mich auf der Party wohlfühle!

Das ist Enzas Keks-Rezept

ZUTATEN:

250 g gemahlene Mandeln
150 g Puderzucker
1 TL Vanilleextrakt
2 Eiweiß
1 EL Honig

1) Das Eiweiß steif schlagen.

2) Die anderen Zutaten vermischen und vorsichtig unter das Eiweiß rühren.

3) Den Ofen auf 180 °C vorheizen. Ein Backblech mit Backpapier auslegen.

4) Die Mischung zu Bällchen rollen und auf das Papier legen. 10 Minuten backen.

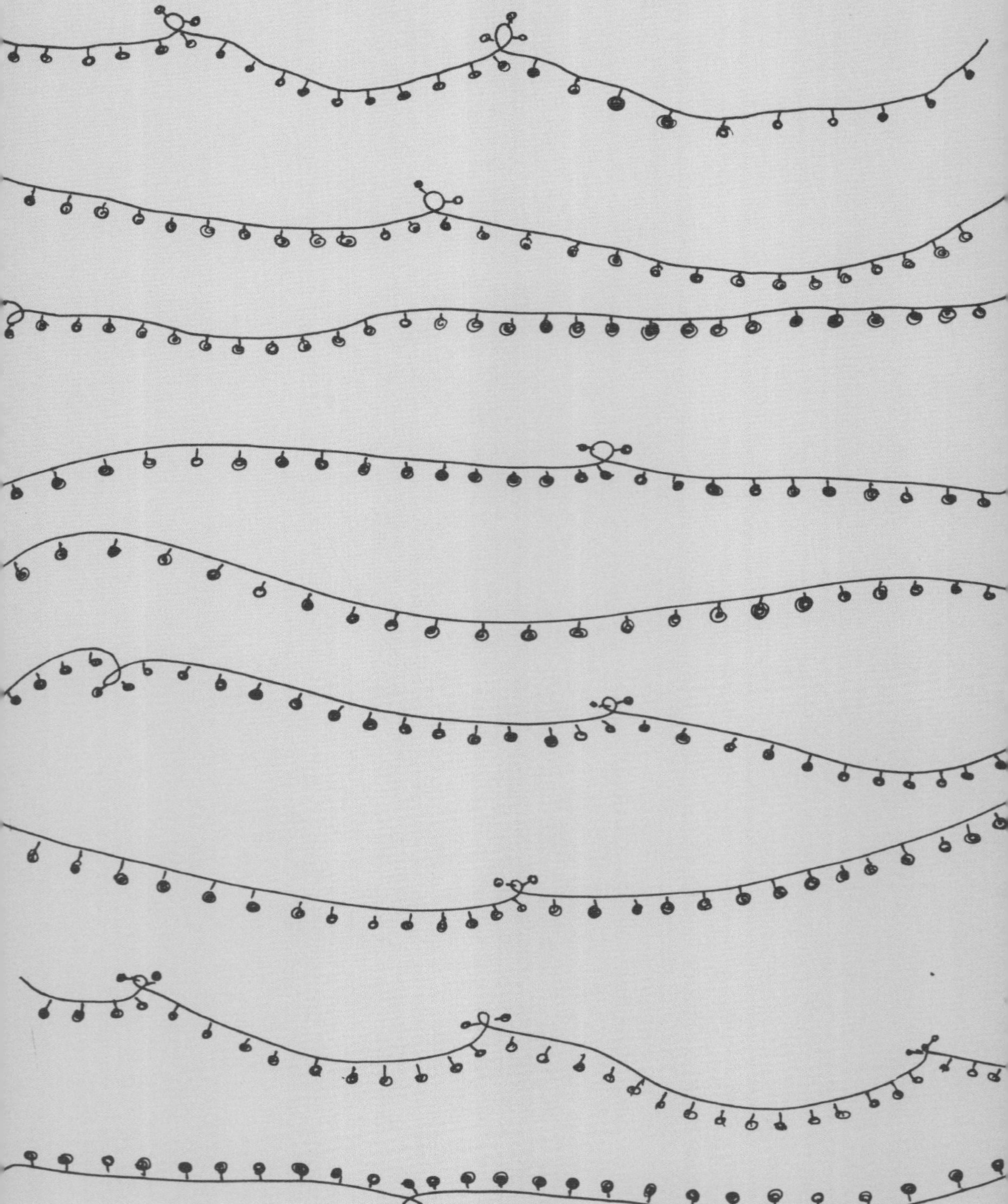

Träume, die nach Zitrone duften

WIR KONNTEN DIE PARTY KAUM ABWARTEN!

Roko ist schon am Strand, um alles vorzubereiten. Eloisa, Miranda, die Cousins und ich verabschieden uns von Isabella. Sie wünscht uns viel Spaß und blickt uns nach, als wir mit Giginos Jeep losfahren. Ich drehe mich noch mal zu ihr um, und sie bläst mir einen Kuss zu. Ich verstehe jetzt, warum Papa mir vorgeschlagen hat, sie zu besuchen: Isabella ist eine wirklich außergewöhnliche Frau, und obwohl wir uns gerade erst begegnet sind, kommt es mir so vor, als würde ich sie schon ewig kennen, als hätte ich sie vor sehr langer Zeit zum ersten Mal gesehen.

Wir fahren mit dem Jeep zum Strand und zum x-ten Mal versuche ich vergeblich, die richtigen Worte für all diese Schönheit zu finden, die uns umgibt. Das Meer wirkt im Mondschein tief und geheimnisvoll. Und es kontrastiert mit den Tausenden warmer Lichter, die den Strand sprenkeln. Glühbirnengirlanden kennzeichnen den Partybereich, und im feinen Sand stehen große Fackeln.

Auf der Plattform tanzen Dutzende junge Leute zu der Musik, die Roko auflegt, der gar nicht mehr schüchtern wirkt und von seinem Pult aus die Party anheizt. Er ist als Einziger schwarz angezogen und mischt Elektro mit einem kraftvollen Groove. Die Bässe dringen in den Körper wie der Schlag eines großen kollektiven Herzens und machen Lust zum Tanzen. „Er ist echt gut!“, sage ich zu Eloisa.

„Ja! Er redet nicht viel, aber mit Musik kennt er sich aus!", antwortet sie.

„Guck mal, die bilden einen Kreis. Bestimmt ist da ein super Tänzer."

„Los komm, das sehen wir uns an."

Eloisa hat recht: In der Mitte des Kreises tanzt jemand. Um ihn herum hat sich eine kleine Menge gebildet, völlig hypnotisiert. Von dort, wo wir stehen, Miranda, Eloisa und ich, können wir ihn nur von hinten sehen, aber ich bin neugierig, wer es ist, weil ich selten jemanden gesehen habe, der so talentiert tanzt.

SEINE SCHRITTE FOLGEN VOLLKOMMEN DER MUSIK, INTERPRETIEREN SIE UND VERWANDELN SIE IN REINES GEFÜHL.

Ich lächle und denke, dass sogar ein so anspruchsvoller Tänzer wie Gregorio, mein Lehrer im OnBeat Studio, nichts zu kritisieren hätte, und einen Moment lang erinnere ich mich wehmütig an all die Jahre, die ich dort verbracht habe. Aber dann dreht sich der Tänzer um, und ich bin so erstaunt, dass ich alles andere sofort vergesse. Es ist Caio. Er sieht mich und kommt, immer noch tanzend, auf mich zu.

„Kapitän Caio!", begrüße ich ihn mit einem Lächeln. Plötzlich scheint der Rest der Welt für mich nicht mehr zu existieren. Caio nimmt mich an die Hand und führt mich sanft in den Kreis. Ich lache, genieße die aufgeladene und doch unbeschwerte Strandatmosphäre und bin sofort mitten auf der improvisierten Tanzfläche – jeder meiner Muskeln bewegt sich zu Rokos wildem Rhythmus.

NICHTS ANDERES ZÄHLT MEHR.

ICH LAUFE, SPRINGE UND

FLIEGE ZUR MUSIK.

ICH *BIN* MUSIK.

Caio und ich bewegen uns sofort synchron, und es kommt mir so vor, als hätten wir schon immer zusammen getanzt. Die Menge um uns herum jubelt uns zu, und ihre positive Energie lässt mich noch unbeschwerter und gelöster dem Beat folgen.

Nichts anderes zählt mehr. Ich laufe, springe und fliege zur Musik.

Ich *bin* Musik.

Und als ich gerade denke, dass dieser Zauber ewig dauern könnte, kommen drei Quads an. Drei Jungs klettern heraus. Alle drehen sich um und schauen ihnen entgegen, der Bann ist gebrochen. Die Neuankömmlinge benehmen sich, als wäre es ihre Party. Einen von ihnen kenne ich. Klar, das hätte ich mir denken können. Es ist Stefano. Und ich hatte schon gehofft, ihn niemals wiederzusehen!

Stefano und seine Freunde nehmen die ganze Tanzfläche ein. Caio scheint ihnen Platz machen zu wollen, aber das will ich Stefano nicht durchgehen lassen. Ich greife nach Caios Hand, und der Zauber ist sofort wieder da! Wir tanzen, und auch die anderen kommen allmählich wieder auf die Tanzfläche.

Eloisa, Miranda, die Cousins – und all die anderen jungen Leute, die ich nicht kenne und die bis vor ein paar Minuten einfach dastanden und uns zugesehen haben. Wir sind super. Nicht zu stoppen.

WIR SIND REINE ENERGIE.

Und als das Feuerwerk den Himmel erleuchtet, fühle ich mich, als würde ich ebenfalls explodieren, in einem riesigen Lichtermeer.

Die Party geht weiter, und Stefano und seine Freunde tanzen nun ergeben mit, ohne zu versuchen, die Show an sich zu reißen oder anderen zu stehlen. Wir kommen so spät nach Hause, dass mein Vater sicher entsetzt wäre, würde er davon wissen. Sobald ich den Kopf aufs Kissen lege, bin ich im Land der Träume und sehe Feuerwerke, so schön wie exotische Blumen.

CAIO UND ICH BEWEGEN UNS SOFORT SYNCHRON, UND ES KOMMT
MIR SO VOR, ALS HÄTTEN WIR SCHON IMMER ZUSAMMEN GETANZT.

Am nächsten Tag öffnet Isabella die schwere Tür zu einem Raum der Villa, den ich bisher noch nicht gesehen habe. Ein Raum voller Instrumente, Konzertposter, Plakate des berühmten Musikfestivals in Taormina, mit Büchern gefüllte Regale. Am Fenster steht ein Klavier, das aussieht, als hätte Jahre niemand mehr darauf gespielt.

„Da ist es! Es hat jahrelang auf jemanden wie dich gewartet", ruft Isabella.

ICH VERSUCHE, DIE NOTEN DES SONGS NACHZUSPIELEN, VON DEM ICH AUF MEINEM FLUG NACH BUENOS AIRES GETRÄUMT HABE UND DER MIR IMMER NOCH IM KOPF HERUMSPUKT.

In diesem Traum hatte ich ein Lied geschrieben. Das Notenblatt war aber davongeflogen, und León hatte versucht, es zurückzuholen, bevor er auf seinem Pferd davongaloppierte. Ich möchte die Musik wiederfinden, die irgendwo in meinem Kopf versteckt ist. Aber die Erinnerung an León verwirrt mich auch jetzt wieder, und ich fühle mich, als hätte mich meine Inspiration verlassen.

„Gute Musik kommt von dem, was du hier drinnen fühlst“, sagt Isabella und zeigt auf ihr Herz. Sie hat recht, aber in letzter Zeit fühlt sich mein Herz ziemlich … verdreht an. Alle meine Gefühle überlagern einander, und ich weiß nicht mehr, was ich tun soll. León, meine Karriere – das ist alles so schwierig! „Ich wünschte, ich könnte das Klavier auf den Mond mitnehmen und dort Musik komponieren, ganz für mich allein“, antworte ich.

„DU KANNST DAS KLAVIER MITNEHMEN, WOHIN DU WILLST, TINI.“

Zum zweiten Mal nennt sie mich so, und ich frage sie warum. Plötzlich sehen Isabellas Augen aus, als sei sie weit weg, als ginge ihr eine bittersüße Erinnerung durch den Kopf. Ihre Antwort ist nur ein rätselhaftes Lächeln. Dann zeigt sie zum Himmel und verlässt das Zimmer.

Ich gehe spazieren und denke an Isabellas Rat. Und so lasse ich mich Schritt für Schritt von der Inspiration des Moments leiten und gehe dem Horizont entgegen, bis ich zu dem Zitronenhain des Anwesens komme. Eine Gruppe Jugendlicher pflückt dort Zitronen, und ich erkenne eins der Gesichter. Zum zweiten Mal treffen wir uns durch Zufall, und es kommt mir langsam vor, als wäre es Schicksal.

„Arbeitet hier außer dir eigentlich sonst niemand?“, frage ich, und Caio lächelt mich an. Er erklärt mir, dass es im Jahr nur zwei Ernten gibt und er in dieser kurzen Zeit hart arbeitet. Seine Familie braucht das Geld. Er erzählt mir, dass sein Vater vor ein paar Jahren gestorben ist.

„Ich bin der Älteste, deshalb muss ich arbeiten“, sagt er und deutet auf den Zitronenhain. „Und mit dem Tanzen aufhören, das ist nur noch ein Hobby.“

Ich spüre, wie sich mein Herz zusammenzieht. Darum hat er also seinen Traum aufgegeben, Tänzer zu werden! Unsere Geschichten sind zwar sehr verschieden, aber ich verstehe ihn. Ich verstehe ihn aus tiefstem Herzen. Nach dem Tod meiner Mutter wäre es mir beinahe auch so ergangen, dass ich nicht mehr das hätte tun können, was ich leidenschaftlich gern wollte. Ich weiß, was es bedeutet, wenn eine Tragödie einem auch noch einen Teil der eigenen Zukunft zu nehmen droht. Ich hatte Glück gehabt und eine Möglichkeit gefunden, meinen Weg weiterzugehen.

UND IN DIESEM MOMENT VERSTEHE ICH, DASS ICH NICHT GEHEN KANN, OHNE CAIO GEHOLFEN ZU HABEN.

Dieser Junge ist zum Tanzen geboren wie ich zum Singen, und vielleicht hat das Schicksal uns aus gutem Grund zusammengebracht.

„Hast du Lust, mich am Sonntag in die Stadt zu begleiten?“, fragt Caio. „Wir können mit dem Boot fahren.“

Ich muss wohl ziemlich blöd gucken, denn er fügt sofort hinzu, dass es kein Date ist, sondern nur ein kleiner Ausflug auf der schönen Insel, der dazu beitragen könnte, meine Inspiration wiederzufinden.

Ich schaue auf und verstehe, dass während unseres Gesprächs etwas Magisches passiert ist. Ich kann es in Caios Augen sehen. Er will mir seinerseits helfen, auch er kann nicht dabei zusehen, wie ein Talent vergeudet wird. Also nehme ich seine Einladung an. Schließlich erkundet man einen Ort am besten mit jemandem, der sich gut auskennt.

ES IST SCHON SONNTAG, UND CAIO KOMMT MIT EINEM ROLLER ZUR VILLA. ER LEIHT MIR EINEN HELM, UND LOS GEHT'S!

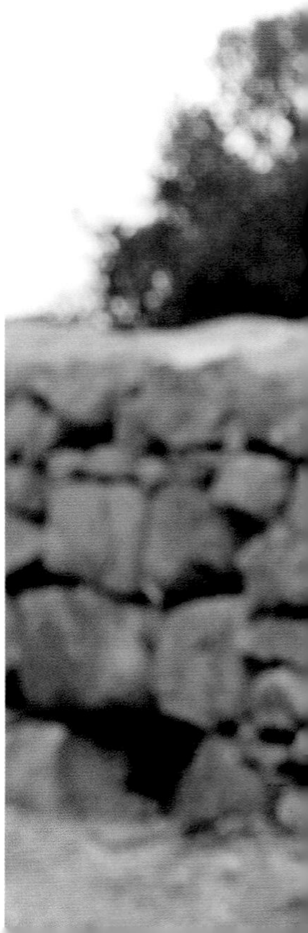

Die Stadt ist wunderschön, ein kleines Juwel, das sich an die Küste schmiegt – bunte Häuser, Fischerboote im Hafen, Blumen auf den Balkonen und in den Gärten, schlaue Katzen, die am Kai auf eine Fischmahlzeit lauern. Überall hängen Plakate des Taormina-Festivals, wie das, was ich bei Isabella gesehen habe. Es muss eine sehr beliebte Veranstaltung sein.

Wir halten an und kaufen Eis in einer Eisdiele, die nur Zutaten von hier verwendet, und ich glaube, es ist das beste Waffeleis, das ich je gegessen habe. Eine Gruppe Jugendlicher spielt Musik auf einem kleinen Platz mit Meerblick, und automatisch wippt mein Fuß den Takt mit. Alles hier hat mehr Geschmack und riecht besser. „Es ist unglaublich, ich fühle mich richtig frei!", rufe ich.

DIE STADT IST WUNDERSCHÖN,
EIN KLEINES JUWEL, DAS SICH AN DIE
KÜSTE SCHMIEGT, MIT BUNTEN HÄUSERN.

ICH HABE LUST ZU SINGEN. CAIO ÜBERREDET MICH, MIT SEINEN FREUNDEN AUF DIE KLEINE BÜHNE ZU KOMMEN. CAIO FÄNGT AN ZU TANZEN, UND ALLE BLEIBEN STEHEN, UM UNS ZUZUSCHAUEN, UND KLATSCHEN UND SINGEN MIT.

Auch anschließend bleibt es spannend. Caio und ich düsen los, zum nächsten Ziel. Wir kaufen in einem kleinen Laden ein und überlegen uns in neuer Kleidung aus Spaß andere Identitäten.

Dann besuchen wir die alte Festung und klettern zum Leuchtturm hoch, gerade zur richtigen Zeit, um einen atemberaubenden Sonnenuntergang über dem Meer zu sehen.

„Dort ist die Insel der gebrochenen Herzen“, sagt Caio und zeigt von unserem Aussichtspunkt auf eine felsige Insel. Mitten im Meer sieht sie so einsam aus, dass sie keinen besseren Namen haben könnte, aber sie ist sehr hübsch.

Die größte Überraschung hat Caio bis zuletzt aufgespart. Wir betreten ein Amphitheater, und ich habe sofort Lust zu singen. Es kommt mir so vor, als ströme neue und zugleich alte Energie durch meine Adern. In die Steinmauern sind die Namen der Berühmtheiten graviert, die hier aufgetreten sind. Caio deutet auf einen Namen und sagt, ich solle mir das näher ansehen. Er sieht mich mit seinem warmen Lächeln an und wartet.

Taylor

ICH TRAUE MEINEN AUGEN NICHT. „MARIA SARAMEGO – SÄNGERIN.“ ES IST DER NAME MEINER MUTTER.

„Woher weißt du davon?“, frage ich ihn.

„Meine Mutter hat es mir erzählt. Sie sagt, Maria Saramego war hier sehr beliebt.“

Ich streife mit den Fingern über die Buchstaben, ganz vorsichtig, als könnte ich sie beschädigen. Meine Mutter hat hier gesungen, genau hier, wo ich jetzt bin.

„Du solltest dasselbe tun“, sagt Caio.

„Was meinst du damit?“

„Nimm an dem Festival teil, so wie sie.“

„Ich habe keinen neuen Song.“

Die Hauptregel des Festivals lautet, dass man einen brandneuen Song präsentieren muss, und so wie es im Moment aussieht, bekomme ich überhaupt nichts mehr hin seit …

Stopp. Es tut weh, über León nachzudenken. Ich sollte meine Liebe vergessen. Aber wie kann ich über Gefühle schreiben und sie ausdrücken, wenn ich mein Herz verschließe?

Seit ich wieder in meinem Zimmer bin, grübele ich darüber nach, und nachts träume ich dann, dass León wieder zu mir zurückkommt, und plötzlich sehe ich zum Mond hinauf – und jetzt weiß ich genau, was ich tun werde. Ich habe eine großartige Idee!

Ein Klavier auf dem Mond

ZEIT FÜR GROSSE TRÄUME!

Wenn ich den Mond will, muss ich alles tun, um ihn zu bekommen.

Und als sich plötzlich ein Klavier am Küchenfenster vorbeibewegt, bekommt Enza einen Riesenschreck, denn sie glaubt, dass sich Diebe damit davonmachen.

„Miss Isabella! Rufen Sie die Polizei!“, ruft die Köchin und läuft zu unserer Gastgeberin. Isabella eilt zum Fenster und lächelt, denn kein Dieb ist zu sehen. „Sie stehlen es nicht. Sie bringen es nur zum Mond!“

Eloisa, Roko, Miranda und die Cousins schieben das Klavier über einen Steinweg, der das Anwesen durchquert, und ich weise ihnen den Weg zu dem perfekten Ort.

Oben auf dem Hügel, in der Nähe der Felswand, steht ein hoher Baum. Von dort aus kann man das Tyrrhenische Meer bewundern und im Mondlicht baden.

„Unfassbar!“, rufen die Cousins einstimmig.

Die Schönheit dieses Ortes lässt sich nicht in Worte fassen. Hier möchte ich Klavier spielen. Dies ist mein eigenes Stückchen Mond.

Ich streiche über die Tasten und spüre einen Energiestrom in meinen Händen, der durch meine Arme direkt ins Herz emporsteigt. Dieses Mal bringt mich die Suche nach den richtigen Tönen nicht durcheinander. Ich fange einfach an zu spielen und lasse die Melodie frei aus mir herausströmen, die mein neuer Song werden wird.

DIE SCHÖNHEIT DIESES ORTES LÄSST SICH NICHT IN WORTE FASSEN.

HIER MÖCHTE ICH KLAVIER SPIELEN. DIES IST MEIN EIGENES STÜCKCHEN MOND.

ICH KANN ES SCHAFFEN. FÜR CAIO, FÜR ISABELLA, FÜR MEINE MUTTER. UND VOR ALLEM FÜR MICH SELBST.

Mit den Jahren ist mir aufgefallen, dass ich neben meiner Musikalität noch ein anderes Talent habe. Ich kann gut Menschen für mich gewinnen und sie motivieren. Es ist eine natürliche Gabe. Wer hätte das gedacht? Vor allem, wenn ich bedenke, dass ich als Kind so schüchtern war, dass ich nicht wollte, dass jemand meine Stimme hört!

Also erzähle ich meinen neuen Freunden von meiner Idee. Ich weiß, wie ich Caio dazu bringen kann, dass er wieder tanzt, aber dabei müssen mir alle helfen. Miranda, Eloisa und die Cousins sind begeistert, und sogar Roko ist bereit mitzumachen, obwohl er es hasst, in der Sonne zu sein und darauf besteht, einen Schirm mitzubringen – natürlich in Schwarz, wie alle seine Sachen.

Caio ist überrascht, als wir im Zitronenhain ankommen. Wir bitten ihn, uns zu erklären, wie man Zitronen erntet und arbeiten dann gemeinsam mit den anderen Pflückern. Es macht Spaß, vor allem, weil wir zusammen sind. Raul und Saul arbeiten perfekt im Team und wirken eher wie Zwillinge als Cousins. Roko unter seinem Schirm fühlt sich sichtlich von der Sonne belästigt, und jedes Mal, wenn er eine Zitrone pflückt, tut er so, als würde ihm das überhaupt keinen Spaß machen.

Eloisa fotografiert die schönsten Zitronen, und Miranda flicht uns bei jeder Gelegenheit Zitronenblätter ins Haar. Wir sind ein fantastisches Team, und ich bin froh, dass ich diesen Menschen begegnet bin.

Jeder von ihnen hat etwas auszudrücken, und sie sind alle vollkommen eins mit ihrer Kunst, auch wenn ihnen das nicht bewusst ist. Wer

weiß, ob es mir gelingt, wieder so zu werden wie sie? Aber eins ist sicher: Dies ist der perfekte Ort, es zu versuchen.

„Warum helft ihr mir?“, fragt Caio.

„Je schneller du mit der Ernte fertig wirst, desto mehr Zeit hast du zum Tanzen!“, erkläre ich.

Während wir reden, verdunkelt sich der sizilianische Himmel, und auf einmal hören wir einen Donnerschlag. Plötzlich regnet es in Strömen. Caio nimmt mich an die Hand, und wir rennen los, um in der Villa Schutz zu suchen. Wir gehen in den Raum, wo das Klavier stand, und all die Plakate und Musikinstrumente kommen mir vor, als wären sie nur dazu da, mir zu sagen, dass dies der richtige Ort für mich ist.

Ich hoffe, Caio ist nicht verärgert, weil meine Idee mit einer bedeutenden Entscheidung für seine Zukunft zu tun hat und ich gehandelt habe, ohne ihn vorher zu fragen.

ICH WEISS, DASS ER ES WILL. ICH WEISS SOGAR MEHR ALS ER SELBST, DASS ES RICHTIG IST.

„Caio, ich ...“ Aber als ich anfange zu sprechen, verliere ich mich in seinen glänzenden Augen, und die Worte entfallen mir.

Ich will ihm meinen Plan erklären und denke, er glaubt vielleicht, ich will ihm sagen, dass ich in ihn verliebt bin oder nach dem richtigen Moment suche, ihn zu küssen oder … ach, wieso denke ich eigentlich, ich möchte ihn küssen?

Ich kichere nervös, und er lacht auch und wird rot. Die Situation gerät außer Kontrolle.

„Ich möchte dir etwas vorschlagen, eine Abmachung“, sprudelt es aus mir hervor. Ich ziehe das Blatt aus meiner Tasche, um klarzustellen, dass es nicht um etwas Romantisches geht. Und denke: Bitte Caio, sei nicht sauer. Ich habe das gemacht, ohne dich zu fragen, weil ich weiß, wie wichtig es für dich ist.

„Ich habe dich zum Vortanzen bei der Tanzakademie des staatlichen Balletts in Rom angemeldet.“ Dann sehe ich ihn hoffnungsvoll an.

Caio schaut geschockt zurück. „Ich kenne diese Schule. Da wollte ich immer hin. Aber ich kann nicht. Ich habe hier meine Familie, meine Arbeit –“

„Großartig. Dann muss ich meinen Teil der Abmachung nicht erfüllen. Bei dem Festival zu singen“, antworte ich.

CAIO VERSTEHT UND GRINST. ABGEMACHT!

Dann beugt er sich vor, langsam, mit funkelndem Blick. Einen Moment lang schaue ich ihm in die Augen, wie hypnotisiert. Aber dann überrumpelt mich plötzlich der Gedanke an León.

Ich schüttle den Kopf und spüre meine Wangen brennen.

„Warum nicht?“, fragt Caio, und ich lese in seinen Augen sowohl Zärtlichkeit als auch Enttäuschung.

Tut mir leid Caio, es liegt nicht an dir. Es ist nur, dass … Ich bin so verwirrt, und mein Herz kommt nicht mit, zumindest jetzt noch nicht. Nicht solange mir nicht klar ist, ob ich die hässlichen Dinge, die passiert sind, vergessen und weitergehen kann.

Als ich versuche, diese Gedanken in verständliche und bedeutungsvolle Worte zu fassen, springt die Tür auf. Draußen steht Roko. Der Sturm hat seinen Schirm zerstört, übrig ist nur noch ein verdrehter Metallstock mit Fetzen an den Streben.

„Tut mir leid, aber da draußen werde ich pitschnass“, sagt er und errettet uns aus der peinlichen Situation.

Um sich dafür zu entschuldigen, dass er mich in Verlegenheit gebracht hat, lädt mich Caio zu einer Bootstour ein, rein freundschaftlich. Es ist so qualvoll für ihn, die richtigen Worte für seinen Vorschlag zu finden, dass ich es nicht über mich bringe abzulehnen.

So sind wir jetzt mitten auf dem Meer, in einem kleinen Segelboot, das sein Vater gebaut hat. Caio ist für diese Art Leben geboren, und Segeln ist für ihn genauso selbstverständlich wie Tanzen.

„Darf ich es mal versuchen?“, frage ich, und Caio erklärt mir, wie ich die Leine halten muss, um das Segel zu steuern und den Bug auf Kurs zu bringen.

Es ist schwer, macht aber auch viel Spaß, und das Gefühl, Kontrolle über den Wind zu haben, bewirkt, dass ich mich stark fühle. Und während ich tief Luft hole und spüre, wie die Seeluft mit ihrem Duft nach Salz und Freiheit meine Lungen durchströmt, kommt ein lautes Schnellboot nah an uns vorbei. Es macht mir Angst, und Caio übernimmt die Kontrolle über das Boot.

Ich glaube es nicht! Wieder er! Diese riesige Nervensäge Stefano. Dieses Mal ist er nicht am Steuer, sondern auf seinem Wakeboard hinter dem Boot.

„Komm mit uns, Violetta!“, ruft er, aber ich antworte nicht einmal, und eine Sekunde später ist er schon am Horizont verschwunden.

Caio und ich genießen wieder die Stille. An einem Ort wie diesem sind Worte unnötig: Das Geräusch der Wellen und der pfeifende Wind sagen alles. Wir erreichen die Insel der gebrochenen Herzen, deren Umrisse ich schon gestern beim Sonnenuntergang gesehen habe. Ich lächle, ich denke über mein Herz nach und über León, der es so einfach gebrochen hat. Aber ich fühle mich schon besser. Die Liebe kann große Gefühle in uns hervorrufen, aber sie kann uns auch in einen Abgrund stürzen. Das weiß ich jetzt. Aber es wundert mich, dass unser Herz auch weiterschlägt, wenn die Liebe zu Ende ist, selbst wenn es zerbrochen ist und wehtut.

KURZUM, ICH BIN NOCH DA, ICH LEBE IMMER NOCH MEIN LEBEN, RIECHE DIE DÜFTE UND SEHE DIE SCHÖNHEIT UM MICH HERUM.

Ich lebe und koste jeden Moment aus, und es liegt an mir, seine Bedeutung zu erfassen. Eine Bootsfahrt, ein Glas kalte Limonade, das Lachen eines neuen Freunds – alles das sind Dinge, die ich schätzen kann und muss.

Über die Insel gibt es eine Legende. Caio erzählt mir, dass Polyphem, der berühmte Zyklop aus der antiken griechischen Mythologie, sich in Galatea verliebt hat, eine schöne Nymphe mit einer wundervollen Stimme. Aber Galateas Herz gehörte schon jemand anders. Blindwütig tötete Polyphem Galateas Geliebten. Er hat ihn mit einem Felsbrocken von dieser Insel erschlagen. Galateas Tränen bildeten einen unterirdischen Fluss, der unter der Insel Höhlen formte, um den Ort zu erreichen, wo ihr Geliebter begraben wurde.

Ich finde die Geschichte sehr traurig, aber Caio meint, ich soll nicht weiter darüber nachdenken: Galateas Liebe ist dazu bestimmt, für immer in diesen Höhlen zu bleiben.

Ich weiß nicht, was ich denken soll. Ich habe Mitleid mit Galatea, andererseits bekommen wir im Leben oft nicht, was wir uns wünschen. Und doch ist dieser Ort so wunderschön, dass ich lieber auf eine glücklichere Zukunft hoffen möchte, als verlorenen Geliebten nachzutrauern. Vielleicht hat die Insel deshalb diesen Namen. Weil man herkommen kann, um gebrochene Herzen zu heilen.

Wir fahren in eine kleine Bucht, und Caio unterbricht mein nachdenkliches Schweigen.

„DIESER ORT IST MIT EINER TRADITION VERBUNDEN. WENN DU EINEN STEIN INS WASSER WIRFST, DIR DABEI ETWAS WÜNSCHST UND IHN DANN WIEDER ZURÜCKHOLST, GEHT DER WUNSCH IN ERFÜLLUNG."

Fasziniert schaue ich aufs Wasser. Das würde ich wirklich gern ausprobieren! „Haie gibt es hier nicht, oder?"

Caio lacht. „Tja, weißt du – das Meer ist zwar warm und einladend, klar und smaragdgrün, aber natürlich könnten hier Haie sein!" Mein Freund beruhigt mich nun wirklich nicht.

Versuchen wir es trotzdem!

Wir nehmen jeder einen Stein, und Caio wirft zuerst. Es fällt ihm leicht, denn er hat es wahrscheinlich schon tausendmal gemacht! Ich frage mich, ob alle seine Wünsche wahr geworden sind. Für meinen Teil werde ich jedenfalls alles tun, ihm dabei zu helfen, dass besonders einer seiner Wünsche wahr wird: Profitänzer zu werden!

Caio gehört ans Meer, und das wird sich nie ändern. Aber er gehört auch auf die Bühne, und ohne eins von beidem wird er nie ganz er selbst sein können. Vielleicht hat er den Stein, das Meer und sich selbst genau darum gebeten.

Alle Bedenken sind verflogen, und ich tauche ebenfalls meinem kleinen weißen Stein hinterher. Unter Wasser öffne ich die Augen und – sehe ihn nicht! Ich kann den Stein nicht finden, und mein Wunsch sinkt mit ihm auf den Meeresgrund. Ich schwimme weiter hinunter. In dem kristallklaren Wasser muss er doch irgendwo zu sehen sein!

Caio schwimmt wieder hoch, und aus den Augenwinkeln kann ich erkennen, dass er in meiner Nähe ist, mit der Hand winkt und auf etwas zeigt.

Mein Stein! Ich schwimme in seine Richtung, und nun sehe ich ihn endlich im Wasser treiben und untergehen. Ich muss in kriegen! Ich greife danach, aber der Stein rutscht mir durch die Finger. Caio will ihn ebenfalls fangen, aber dann hält er inne und lässt es mich selbst versuchen. Ich muss bald wieder zurück an die Oberfläche, um Luft zu holen, aber ich kann meinen Wunsch doch nicht so leicht aufgeben! Ein Stück noch tauche ich abwärts und – ich habe ihn!

Ich schwimme wieder nach oben und öffne meine rechte Hand. Da ist er: Mein Wunsch, der sich erfüllen soll.

WAS HABE ICH MIR GEWÜNSCHT? MEIN HERZ ZURÜCKZUBEKOMMEN, HEIL UND GANZ, UM WIEDER ICH SELBST SEIN ZU KÖNNEN. ICH WEISS, DASS MEIN WUNSCH WAHR WIRD. ES IST SCHON FAST SOWEIT.

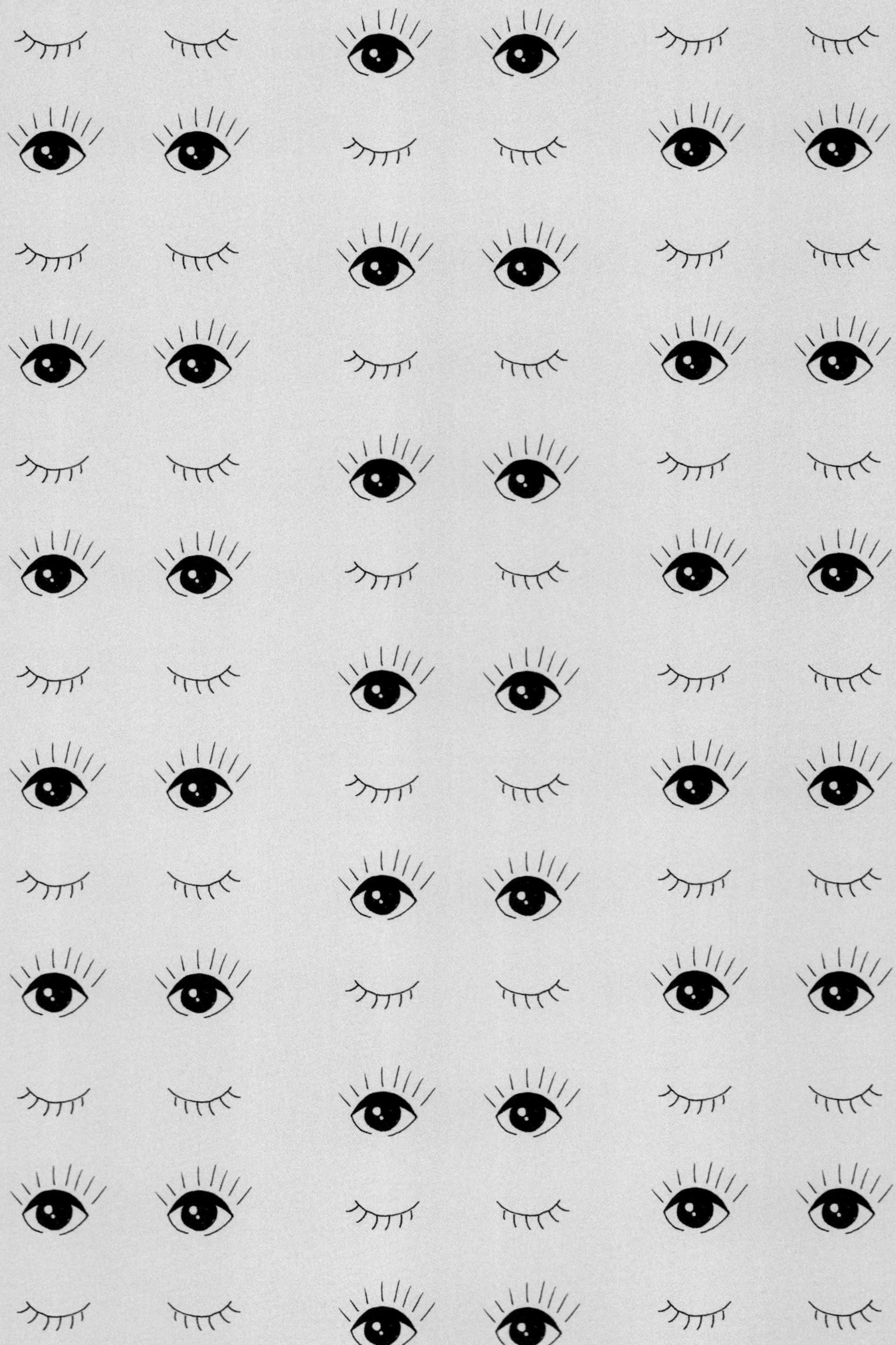

Auf Marias Spuren

BEI UNSERER RÜCKKEHR WARTET EINE ÜBERRASCHUNG AUF UNS: CAIOS KLEINE SCHWESTER!

Sie heißt Carmen, ist acht Jahre alt und total süß. Als ich auf dieser Insel ankam, habe ich gedacht, ich sei nie wieder in der Lage zu singen, aber nun, dank der Zuneigung meiner neuen Freunde und der Wärme dieses gastfreundlichen und magischen Orts denke ich, dass ich wieder damit anfangen kann. Leicht wird es nicht, aber ich weiß, dass ich mich auf die wunderbaren Menschen verlassen kann, die ich hier getroffen habe. Sie haben mich so großartig aufgenommen, und sie akzeptieren mich wie ich bin – und das nicht etwa, weil ich berühmt bin und aus dieser Glitzerwelt komme, in der mich Paparazzi jagen.

„Meine kleine Schwester möchte dich zu ihrer Geburtstagsparty einladen“, sagt Caio grinsend. Warum nicht? Ein wenig zu feiern wird mir guttun! So mache ich mich jetzt für die Party zurecht.

Ich bin in Mirandas Zimmer, und es macht mir Spaß, mich wie eine Schaufensterpuppe den talentierten Händen einer Modedesignerin anzuvertrauen. Sie lässt mich ein schönes weißes Kleid anprobieren. Einen Moment lang posiere ich bewegungslos, und plötzlich schießt mir eine Erinnerung durch den Kopf: Meine erste große Rolle im Studio! Es war meine Bühnentaufe, und ich war so aufgeregt! Ich spielte eine

Schaufensterpuppe, die sich in einen Menschen verliebt. Mit dieser Show erwachte meine Karriere zum Leben, wie die Schaufensterpuppe in der Geschichte. Das war ein Tag! Ich stand das erste Mal auf der Bühne vor einem echten Publikum, die Sabotage dieses eifersüchtigen Lehrers Gregorio brachte die Kulisse zum Einsturz, ausgerechnet in dem Moment, als mein Vater in das Theater stürmte, um sich zu vergewissern, dass ich mich auch an seine strenge Anweisungen hielt, nicht dem Beispiel meiner Mutter zu folgen …

Mit den Jahren erlaubte mein Vater schließlich, dass ich mich meinem Talent widme. Gregorio kam über seine Eifersucht hinweg und wurde ein guter Lehrer und die Bühne zu meinem zweiten Zuhause.

DINGE KÖNNEN SICH ÄNDERN, ODER? SO WIE WIR ES NIEMALS FÜR MÖGLICH GEHALTEN HÄTTEN.

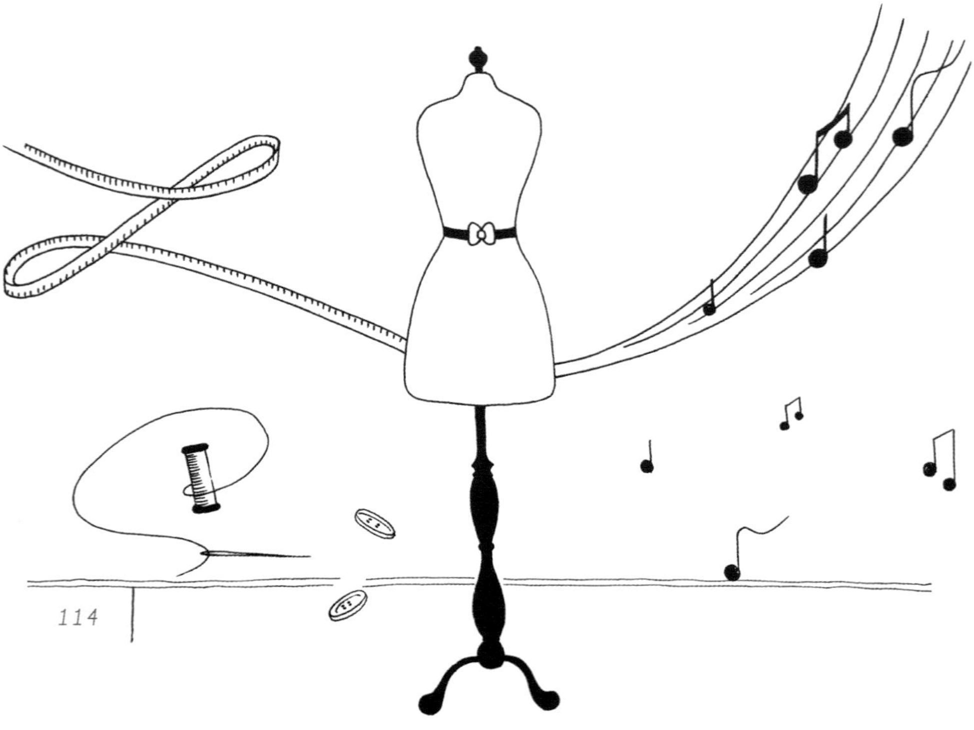

Ich habe fantastische und aufregende Momente erlebt, meine Stimme entfaltet und, wie ich dachte, meinen Platz in der Welt gefunden. Ich schien aus dem Gröbsten heraus zu sein und hätte nie gedacht, dass ich einmal in eine so schwierige Situation geraten könnte und keine Energie oder Motivation mehr habe, auf die Bühne zu gehen.

„Hey Violetta, an was denkst du? Bist du noch bei uns?“, fragt Miranda kichernd.

Gerade in diesem Moment kommt Eloisa ins Zimmer und zeigt mir ein Paar leuchtend bunter Schuhe, die ich anprobieren soll. Ich schlüpfe hinein und beginne zu gehen wie auf dem Laufsteg, aber ich stolpere und falle beinahe hin. Manchmal bin ich so tollpatschig!

Aber meine neuen Freundinnen sind der Ansicht, mit Tollpatschigkeit habe das nichts zu tun.

„Ich glaube unsere Freundin ist noch ganz benommen von ihrem Date mit Kapitän Caio“, sagt Eloisa frech.

Ich lache und wedele mit der Hand, damit sich dieser Gedanke in Luft auflöst. Miranda lächelt, wird aber dann wieder ernst und warnt mich davor, zwei Kleider gleichzeitig zu tragen. Am Ende verdeckt eins das andere, und nur die Trägerin weiß, dass sich darunter noch eins versteckt.

Zwei Kleider.

Meine inzwischen unmögliche Liebe zu León.

Meine neuen und wachsenden Gefühle für Caio.

Ich versuche, die Dinge in meinem Kopf zu ordnen, aber plötzlich drängt sich alles zusammen wie ein Knäuel Schmetterlinge. Noch bevor ich einen klaren Gedanken fassen kann, sprudelt es aus mir hervor: „Ich weiß nicht, Caios Lächeln ist so –“

„Süß!“, ergänzt Eloise und schwört mir, dass ein solches Lächeln jede Frau zu Fall bringen würde.

Plötzlich kommt mir ein Gedanke, der die verrückten

Schmetterlinge in meinem Kopf besiegt. Er ist vollständig klar und konkret. „Ich kann nicht."

„Du kannst León nicht vergessen", sagt Miranda und findet die richtigen Worte, um zu beschreiben, was ich fühle.

„Ich kann nicht glauben, dass es so zu Ende gegangen ist", bestätige ich. Kein Lächeln dieser Welt – auch nicht das süßeste – kann mich León vergessen lassen.

VIELLEICHT DAUERT ES EINE WEILE, BIS ICH WIEDER EINE BEZIEHUNG EINGEHE, ABER DAS HEISST NICHT, DASS ICH KEINE NEUEN GEFÜHLE ENTWICKELN KANN.

Caio ist ein wundervoller Mensch, und ich fühle mich gut, wenn ich mit ihm zusammen bin. Vielleicht sollte ich nicht so viel grübeln, was passieren könnte. Es ist besser, in der Gegenwart zu leben. Jetzt zum Beispiel bin ich zu einer Party eingeladen!

Carmens Geburtstag ist ein lustiges und lautes Familientreffen in einer efeuberankten Gartenlaube. Um den prall gedeckten Tisch sitzen mindestens zwanzig Personen.

„Alles okay?", fragt Caio, denn ich stehe ängstlich da wie eine Statue.

„Ich bin etwas verwirrt", erkläre ich ihm und werde rot. „Es sind so viele Leute hier."

Caio erklärt mir, dass in Italien immer die ganze Familie zu Geburtstagen eingeladen wird. Ich bin ein bisschen neidisch. Die kleine Carmen hat großes Glück, so viele Verwandte zu haben. Ich bin ganz allein bei meinem Vater aufgewachsen und wusste bis ich sechzehn

CARMENS GEBURTSTAG IST EIN LUSTIGES UND LAUTES FAMILIENTREFFEN IN EINER EFEUBERANKTEN GARTENLAUBE.

Carmen

Anna

war noch nicht mal, dass ich eine Tante und eine Großmutter habe. Papa hat immer darauf geachtet, dass ich alles habe, was ich brauche, aber ich glaube, in Carmens Alter hätte ich gern auf alle Geschenke verzichtet, wenn ich eine solche Party hätte feiern können!

Da kommt sie auch schon, das strahlende Geburtstagskind, und ich gebe ihr mein Geschenk und einen Kuss. Ich beobachte, wie sie zwischen den Gästen, den Geschenken und den Nachspeisen hin und her schwirrt und bekomme gute Laune von der Freude dieser Achtjährigen. Auch das offene, verständnisvolle und sehr freundliche Lächeln

von Caios Mutter Anna muntert mich auf. Bestimmt fragt sie sich, ob zwischen mir und ihrem Sohn etwas mehr als nur Freundschaft ist.

Ich lasse mich von der festlichen Stimmung mitreißen, und meine Schüchternheit ist wie weggeblasen. Alle hier lachen, genießen das köstliche Essen und tanzen. Caio führt eine dreifache Pirouette vor und bekommt einen riesigen Applaus. Auch ich fange an zu tanzen und fühle mich wie ein Teil seines Zuhauses, als sei ich immer hier gewesen. Oder als würden wir für immer hier leben. Und dann, ich weiß gar nicht, wie es dazu kommt, sitzen Caio und ich weit weg vom Lärm der Party allein auf einem Steg.

„Deine Familie ist super“, sage ich, und wir reden eine Weile darüber, wie sie sich alle gegenseitig helfen, weil sie bereit sind, alles was sie haben zu teilen. Und darüber, dass Caio nach dem Tod seines Vaters seinen Beitrag dazu leisten muss.

„Aber deine Träume kannst du nicht aufschieben“, rufe ich in voller Überzeugung. Ich bin sicher, dass nichts diese Leute glücklicher machen würde, als Caio glücklich zu sehen. Es ist eine Herausforderung, ein Sprung ins kalte Wasser – ich weiß –, aber Caio müsste sich einmal durch meine Augen sehen, um zu verstehen, dass er es schaffen kann. Mir wird klar, dass er sich das im Moment kaum vorstellen kann, aber wenn er ein erfolgreicher Tänzer ist, kann er seiner Familie viel mehr helfen als jetzt. Ich erkläre ihm das, und er schaut mich an und lächelt schweigend.

IN SEINEN AUGEN IST EIN FUNKELN, DAS MIR SEHR BEKANNT VORKOMMT …

So etwas habe ich oft in Leóns Augen gesehen.

„Mein ganzes Leben hat sich verändert, seit du aufgetaucht bist."

Wir sind hier, am Meer, im Mondschein – warum kann ich León nicht einfach vergessen?

„Ich versuche nur, dir zu helfen, weil ich will, dass die Welt dich tanzen sieht", sage ich schnell.

„Ist das der einzige Grund?"

Ich weiß nicht, was ich antworten soll. Will ich wirklich nicht, dass etwas zwischen uns passiert? Dass Caio sich mir noch mehr nähert und ich mich in seinem Blick verliere?

„Caio! Violetta! Kommt zum Kerzen ausblasen!", ruft Anna uns und löst unsere plötzliche Verlegenheit auf.

„Der Kuchen!", sage ich mit übertriebener Begeisterung und ziehe Caio zu seinen Verwandten hinüber, um „Happy Birthday" zu singen.

Carmen genießt ihren großen Moment, schließt die Augen und wünscht sich etwas, bevor sie die Kerzen ausbläst. Es muss etwas sein, das sie sich wirklich sehr wünscht. Das sehe ich an der Art ihres Lächelns, bevor sie so fest sie kann pustet.

DAS MACHT TRÄUME AUS. ALLEIN SCHON ÜBER SIE NACHZUDENKEN IST TOLL. WAS WÜRDE ICH MIR WÜNSCHEN, WENN ICH HEUTE GEBURTSTAG HÄTTE?

Als alle Kuchen essen, kommt Anna zu mir und bittet mich, ihr zu folgen. Sie führt mich ins Haus und zeigt mir die gerahmten Bilder, die eine ganze Wand bedecken.

MEINE AUGEN WERDEN IMMER GRÖSSER, UND DANN MUSS ICH LÄCHELN.

Da hängt ein Bild von meiner Mutter und meinem Vater, jung und glücklich, am Hafen. Anna erzählt mir, dass sie jeden Sommer hergekommen sind und meine Mutter immer gesungen hat, wenn sie durch die Straßen ging. Alles begann beinahe wie ein Spiel. Jeder sagte ihr, sie solle an dem Festival teilnehmen, aber sie war zu schüchtern. Einmal dann gelang es Isabella schließlich, sie zu überzeugen. Und so begann die Karriere der großen Sängerin Maria Saramego. Anna lächelt stolz.

Ich kann meine Tränen nicht zurückhalten und gebe Anna einen Kuss, aus Dankbarkeit, dass sie ihre Erinnerungen mit mir geteilt hat. Genau das habe ich gebraucht.

NUN WEISS ICH, WAS ICH TUN WERDE!

„Dies ist mein Plan: Ich habe einen neuen Song, aber ich brauche eure Hilfe", erkläre ich meinen neuen Freunden mit ihren vielen unterschiedlichen Talenten. Roko kümmert sich um die Musik – einen neuen, intensiven und kraftvollen Sound. Miranda macht das spektakulärste Kleid aller Zeiten, Eloisa Fotos fürs Amphitheater, und die Cousins entwickeln eine digitale Show, wie es sie nie zuvor gegeben hat. Ich bin bereit, wieder auf die Bühne zu gehen, und ich weiß, dass ich es mit der Hilfe der talentiertesten jungen Künstler schaffen kann, die das Schicksal mir zur Seite gestellt hat.

So soll es sein. Alles läuft darauf hinaus, dass ich bei demselben Festival auf die Bühne steige, mit dem die Karriere meiner Mutter begann. Diese Gelegenheit kann ich mir nicht entgehen lassen. Ich schulde ihr das, aber vor allem schulde ich es mir selbst. Ich spüre, dies ist der einzige Weg, mich selbst wiederzufinden und ganz zu fühlen.

ES KOMMT MIR SO VOR, ALS OB ICH SIE SCHON MEIN GANZES LEBEN LANG KENNE, UND DIESEN MOMENT WERDE ICH NIEMALS MEHR VERGESSEN.

Isabella beobachtet uns stolzerfüllt von Weitem, und ab und zu bringt uns Enza eine ihrer Spezialitäten. Schließlich kommentiere ich mit Puderzucker auf der Nase den Entwurf des Kleides. Als Eloisa mich sieht, krümmt sie sich vor Lachen, und die anderen lachen auch.

Egal wie, es ist schon jetzt ein Erfolg.

In dieser ausgelassenen Laune voller großer Erwartungen fällt mir plötzlich etwas auf, das ich vorher noch nicht gesehen habe. Ich beobachte gerade einen kleinen gelben Vogel, der in der Nähe des Baums umherfliegt, wo ich das Klavier hingestellt habe und bemerke, dass etwas in den Stamm eingeritzt ist. Vier einfache Buchstaben: TINI.

„Tini, wer bist du?“, frage ich den Baum.

Aber die Antwort kommt von Isabella. Sie trägt einen Picknickkorb.

„Was hältst du von einer kleinen Pause und einem Stück Zitronenkuchen?“, fragt sie fröhlich, aber ich sehe die Traurigkeit in ihren Augen, Spuren einer Erinnerung.

ETWAS IST IN DEN BAUMSTAMM EINGERITZT. VIER EINFACHE BUCHSTABEN: TINI.

„TINI, WER BIST DU?", FRAGE ICH DEN BAUM.

Tini

Wer ist Tini?

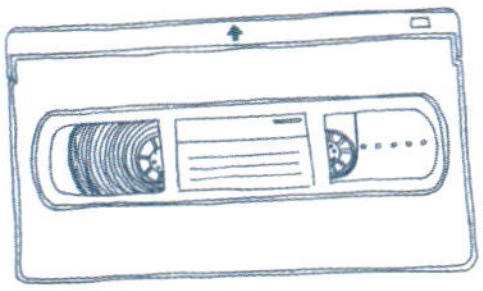

DER SONNENUNTERGANG IST SPEKTAKULÄR, WIE IMMER AUF DIESER INSEL.

Isabella und ich sitzen auf einer hellblauen Decke mit rosa Rosen darauf. Sie ist in einen grauen Schal gewickelt, und wir schauen uns ohne ein Wort zu sprechen die Landschaft an. Nach einer Weile breche ich das Schweigen. „Du warst Mamas Freundin, oder?“

Es fällt mir schwer, diese einfachen Worte auszusprechen. Isabellas Augen sind voller Liebe und Nostalgie, und ich glaube, unser Gespräch weckt schöne, aber auch schmerzvolle Erinnerungen in ihr.

„Sie ist jedes Jahr hergekommen“, erzählt Isabella. „Und in einem Sommer beschloss sie dann, an sich selbst zu glauben. Sie kam zu mir, und ich organisierte ihre Teilnahme an dem Festival. Sie sang fantastisch. Und danach konnte ihr niemand mehr diesen Traum nehmen.“

„Warum hat mir nie jemand davon erzählt? Weder du, noch Papa ...“

„Weil es manchmal besser ist, die Dinge selbst zu entdecken.“

„Meine Mutter war Tini, oder? Das war dein Spitzname für sie. Ich habe dich oft diesen Namen sagen hören.“

„Nein, sie war nicht Tini.“

Isabellas Antwort schwingt in der Luft. Ich verstehe nicht. Ich bin verwirrt. Wenn meine Mutter nicht Tini ist, wer dann?

ICH FÜHLE, DASS DIESER NAME MIT MIR VERBUNDEN IST UND ZU MEINER GESCHICHTE GEHÖRT.

„Lass uns ins Haus gehen“, sagt Isabella. „Ich bin nicht die Richtige, um dir diese Frage zu beantworten.“

Isabella nimmt mich mit in ein großes Zimmer mit einem Fernseher. „Setz dich“, sagt sie und zeigt auf einen Stuhl. Dann tastet sie an einem alten Videogerät herum und legt eine VHS-Kassette ein, wie ich sie aus alten Filmen kenne. Sie drückt auf PLAY. Es ist ein Amateurfilm – zumindest sieht es so aus –, und er zeigt die Villa vor vielen Jahren. Die Hand einer Frau ritzt den Namen „Tini“ in den Baumstamm. Die Einstellung wird weiter, und ich erkenne sie. Es ist meine Mutter.

„Mama!“, rufe ich, und Tränen beginnen mir herunterzulaufen.

Meine Mutter lächelt mir jung und schön aus dem Fernseher zu.

„Du wirst früher oder später Sängerin wie ich, nicht wahr?“, sagt sie. „Denn du liebst Musik, Tini.“

Wer bist du, Tini? Warum kommt mir dein Name so vertraut vor?

Das Video läuft weiter, und meine Mutter berührt auf einmal ihren Bauch: Sie ist schwanger! Dann, ein paar Aufnahmen weiter, hält sie plötzlich ein Baby im Arm und singt ein schönes Lied. Das Video ist zu Ende.

„Wer war Tini? Hatte ich eine Schwester?“, frage ich, von meinen Gefühlen überwältigt.

„*Du* bist Tini“, sagt eine Stimme, die ich sehr gut kenne. Eine Stimme, die mich seit meiner Geburt jeden Tag begleitet hat. Eine Stimme, die zärtliche und auch harte Worte gesprochen hat, mit der ich tausendmal gestritten und mich wieder vertragen habe. Eine Stimme, die ich mein ganzes Leben lang an meiner Seite haben möchte, weil man nie zu alt wird, um seinen Vater zu brauchen.

WER BIST DU, TINI?

WARUM KOMMT MIR DEIN NAME

SO VERTRAUT VOR?

ICH DREHE MICH BLITZSCHNELL UM. DA STEHT PAPA IN EINER ECKE DES ZIMMERS. WARUM IST ER HIER?

Was ist los? Was soll das bedeuten, dass ich Tini bin? Ich heiße Violetta! Papa ist den Tränen nah.

„Deine Mutter und ich haben dich immer Tini genannt, vom ersten Tag an, seitdem du in unser Leben gekommen bist", sagt er. Und er erklärt mir, dass ich für sie immer nur Tini war, einfach nur Tini. Aber weil Tini kein richtiger Name ist, haben sie sich dafür entschieden, mich offiziell nach Oma Violetta zu nennen.

Nachdem meine Mutter gestorben war, brachte Papa meinen Kosenamen nicht mehr über die Lippen, weil er ihn ständig an sie erinnert hat. Meine Mutter war der einzige andere Mensch, der diesen Namen kannte und mich so genannt hat. Als sie dann nicht mehr da war, ist der Name nur noch eine weitere schmerzvolle Erinnerung an sie gewesen. Er stand für alle Träume der beiden, mich zusammen aufwachsen und meinem eigenen Weg folgen zu sehen.

Deshalb löste der Name Tini solche Gefühle in mir aus. Ich habe ihn sogar schon vor meiner Geburt gehört. Meine Mutter hat mich so genannt, und obwohl ich das nicht mehr weiß, muss er in irgendeinem Winkel meiner Erinnerung stecken, so wie jede Umarmung und jedes Schlaflied, jedes Bad und jeder Gutenachtkuss.

Denn obwohl meine Mutter nicht mehr da ist und wir in diesem Leben nur einen kurzen Weg zusammen gegangen sind, hat dies alles dazu beigetragen, mich zu dem zu machen, was ich heute bin.

ICH BIN TINI.

„Verzeih mir“, sagt Papa, aber ich empfinde nur eine Welle der Dankbarkeit für ihn. Weil er mich immer geliebt hat und das für mich getan hat, was er für das Beste hielt. Weil er mich heute zum glücklichsten Mädchen der Welt gemacht hat, denn dass er mich jetzt Tini nennt, gibt mir das Gefühl, meiner Mutter näher denn je zu sein.

Violetta wird immer in meinem Herzen bleiben, für den Rest meines Lebens, aber von nun an will ich nur noch Tini genannt werden. Nun gibt es keine Geheimnisse mehr, nichts wird mehr verschwiegen, auch nicht mein Name.

TINI. JA, DAS GEFÄLLT MIR!

An diesem Abend geselle ich mich zu den anderen. Morgen ist unser großer Tag, und vorher haben wir alle noch viel zu tun. Ich weiß nicht, was ich ohne sie tun würde, und ich möchte, dass sie das wissen.

„Wir schulden *dir* Dank!“, rufen Raul und Saul einstimmig. Sogar der sonst immer so zurückhaltende Roko scheint vor Gefühlen zu platzen. Eloisa erklärt: „Du hast an uns geglaubt!“

„Wie könnte ich *nicht* an euch glauben?“, frage ich erstaunt.

Raul und Saul haben mir beigebracht, dass man die Welt um sich herum gestalten kann, wenn man es möchte. Von Miranda habe ich gelernt, dass in jedem Einzelnen von uns echte Farben und wahre Schönheit stecken. Roko hat mir geholfen zu verstehen, dass man in sich hineinhören muss, wenn man seine eigene Stimme finden möchte. Und Eloisa hat mir gezeigt, dass die Dinge, die im Leben wirklich zählen, unsichtbar sind. Und nicht zu vergessen: Sie haben mir das Klavier zum Mond gebracht! Wir umarmen uns, einen Moment lang sind wir zu einem einzigen Wesen vereint. Wir sind reine Freundschaft. Die anderen sind zuerst verblüfft, als ich ihnen sage, dass Violetta nicht bei dem Festival auftritt. Aber dann erzähle ich ihnen von Tini. Dass ich mit meiner neuen Identität auftreten will – und das verstehen sie.

Ich möchte alle meine neuen Erfahrungen nutzen, um in die Fußstapfen meiner Mutter zu treten und ihr zeigen, dass ihr kleines Mädchen jetzt erwachsen ist und dass sie als Vorbild dazu beigetragen hat.

Ich habe einen Titel für meinen Song: *Born to Shine*: Geboren, um zu strahlen. Ich schreibe ihn auf die Partitur und spiele den Song noch einmal auf dem Klavier.

ICH BIN ALLEIN UNTER DEM BAUM,

DEN MEINE MUTTER SO LIEBTE.

Vielleicht habe ich ihn nicht zufällig ausgesucht. Vielleicht kann sich irgendetwas in mir an sein Laub erinnern, das ich als Baby aus meiner Wiege gesehen habe.

Da höre ich hinter mir ein Geräusch. Es ist Caio. Er ist schön gekleidet, in hellen Farben. Wie attraktiv er ist, stelle ich einmal mehr fest. Morgen ist auch für ihn ein großer Tag: Er will versuchen, an der Ballettakademie angenommen zu werden und ich weiß, dass er es schafft.

„Ich dachte, du bist schon zum Vortanzen nach Rom gefahren."

„Ich wollte nur Tschüss sagen und wünsche dir viel Glück für morgen."

Zwischen uns sind keine Worte nötig. Ich lächele und spiele wieder Klavier. Caio fängt an zu tanzen und lässt sich von der Musik leiten. Er setzt die Musik in Bewegung und wird eins mit der Melodie. Während das Lied in unseren Ohren weiterklingt, springe ich auf und eile zu ihm, um ihn zu umarmen.

Wir tanzen zusammen, und ich lasse ihn führen. Mit unserer hellen Kleidung sehen wir aus wie zwei Geister oder wie zwei Träume, die wahr geworden sind.

DER MOND SIEHT UNS AN,

HELL UND FERN, UND DOCH SO NAH.

WIR LEUCHTEN WIE ER.

Caio nimmt meine Hand, und wir gehen auf der Wiese spazieren. Ich lehne mich an seine Schulter und bin glücklich. Ich freue mich auf das, was mich morgen erwartet, und vertraue auf die Zukunft. Jeder von uns hat eine Begabung, und morgen werden wir beide beweisen, dass wir damit umgehen können.

Caio bleibt stehen und schaut mich an. Sein Blick ist zärtlich, aber ein wenig traurig.

„Was ist?"

Er kommt näher, schaut mir tief in die Augen, und unsere Stirnen berühren sich fast – und ich schüttle den Kopf. Ich kann nicht. Es ist nicht das, was ich wirklich will. Caio hat verstanden, denn er macht einen Schritt zurück und schaut weg. Er ist der süßeste und netteste Mensch, den ich in letzter Zeit getroffen habe, aber er ist für mich nicht mehr als ein Freund. Ein wundervoller Freund, nur …

„Ich bin noch in León verliebt."

Jetzt ist es raus. Ich habe es gesagt. Ich habe es vor ihm und vor mir selbst zugegeben. Wir können unsere Gefühle

nicht auf Befehl ändern. Was León getan hat, spielt keine Rolle. Es spielt keine Rolle, dass er sich von unserer Beziehung abgewandt hat, um Melanie hinterherzulaufen.

Was zählt ist, dass ich an unsere Beziehung geglaubt habe und sie jetzt nicht einfach von mir abschütteln kann, als wäre sie ein Fehler gewesen. Bedeutet das nun, dass ich León um jeden Preis zurückhaben will? Obwohl er mich verraten hat?

Nein, natürlich nicht! Was León getan hat, geht gar nicht, und ich weiß nicht, ob ich es ihm je verzeihen kann. Aber meine Gefühle für ihn waren echt, und es wird dauern, bis mein Herz geheilt ist.

Es hat etwas mit Mirandas Theorie über die zwei Kleider zu tun: Ich würde immer wissen, dass unter dem einen noch ein anderes verborgen ist. Und ich würde mich schrecklich dabei fühlen, zwei Kleider zu tragen.

Caio schenkt mir sein schönstes Lächeln und macht sich dann auf den Weg.

In diesem Moment passiert etwas Merkwürdiges. Ich meine einen großen Schatten unter dem Baum in der Nähe des Klaviers vorbeihuschen zu sehen. Aber eine Sekunde später ist er weg, und zurück bleibt nur eine Windböe.

Ich zögere einen Moment, und dann rufe ich Caio hinterher, als er gerade auf seinem Roller davonfahren will. „Ich möchte nicht, dass du wegen mir leidest!“

Caio schaut mich an und lächelt noch einmal. In seinen Augen ist keine Spur von Ärger oder Enttäuschung. „Du hast nur Gutes in mein Leben gebracht. Ich wünsche dir das Allerbeste“, antwortet er.

Er fährt davon und ich sehe ihm nach. Ich weiß: Morgen werden wir es beide schaffen.

Gib alles, was du kannst Caio, du wirst ein großer Tänzer. Und ich bin mir sicher, du findest deine wahre Liebe.

Die Frau, die du liebst, kann sich glücklich schätzen, weil du ein riesiges Herz hast.

Ich gehe zurück zum Haus und versuche, dieses komische Gefühl abzuschütteln, das mich überkommt. Nicht nur, weil ich gerade die Liebe eines so wundervollen Menschen zurückgewiesen habe. Vielleicht sehe ich auch Gespenster, weil mich das Lied, das ich geschrieben habe, in eine Traumwelt geführt hat, die nur mir gehört. Ich rufe mir wieder und wieder die Rückreise von der Tournee nach Buenos Aires in Erinnerung, und mir kommt der Traum wieder in den Sinn, in dem ich mir zum ersten Mal diese Melodie ausgedacht habe.

Ich sage mir, dass Träume eine Sache sind, das richtige Leben aber etwas anderes ist. Nur manchmal kommt sich beides erschreckend nah, denn ich bin mir ziemlich sicher, dass ich es wirklich gesehen habe. Okay, aus den Augenwinkeln, und nur für einen Augenblick.

ICH BIN MIR ZIEMLICH SICHER, DASS ICH GERADE EBEN EINEN SCHIMMEL GESEHEN HABE, DER IM MONDSCHEIN AN DEM KLAVIER VORBEIGALOPPIERT IST.

Heilung
für ein
gebrochenes
Herz

HEUTE IST DER GROSSE TAG!

Zum Glück konnte ich etwas schlafen. Letzte Nacht war ich völlig nervös! Ich habe die ganze Zeit von Schimmeln geträumt, aber ich möchte gar nicht daran denken – es kommt mir wie ein sonderbares Omen vor –, und an diesem einzigartigen Tag muss ich mich auf meinen Song konzentrieren.

Enza macht uns ein besonderes Frühstück. Sie verwöhnt uns total! Den Vormittag verbringe ich dann mit Papa. Angie ist auch hier, da habe ich sogar noch mehr Unterstützung! Sie ist mit Papa hergekommen, hat aber kapiert, dass die Situation gestern Nachmittag heikel war und uns allein gelassen, damit wir reden konnten.

Isabella ist seit heute Morgen schweigsam, aber sie schaut mich glücklich und stolz an. Ihr herzliches Lächeln wärmt mich von innen, und so fühle ich mich noch mehr zu Hause als jemals zuvor. Ich verstehe, warum meine Mutter sie so gern hatte: Isabella hat die seltene Gabe, andere in ihren Talenten zu bestätigen.

Danke Mama, du hast mir etwas Wundervolles geschenkt: eine wahre und uneigennützige Freundschaft.

Dann kommt Gigino mit dem Jeep vorbei, den wir mit der Ausrüstung, den Instrumenten und allem, was wir für die Show brauchen, beladen. Miranda hält meine Hand und schaut mir in die Augen, um mir zu zeigen, dass sie an diesem unglaublichen Tag bei mir sein wird.

Eloisa gesellt sich auch zu uns, und wir umarmen uns, während die Cousins eifrig ihre empfindlichen Instrumente verstauen und Roko uns aus einiger Entfernung beobachtet. Er signalisiert ebenfalls seine Unterstützung, vermeidet aber sorgfältig eine Umarmung.

SO ETWAS WIE MEINEN AUFTRITT HAT ES AUF DIESEM FESTIVAL NOCH NIE GEGEBEN. ICH SPÜRE EINFACH, DASS ER EIN GROßER ERFOLG SEIN WIRD.

Meine außergewöhnlichen Freunde haben sogar noch an mich geglaubt, als ich selbst schon damit aufgehört hatte, denn meine Kunst bringt offensichtlich etwas Schönes zum Ausdruck. Ich bin also auf dem richtigen Weg und kann, wenn ich mich genug engagiere, Großes vollbringen.

Plötzlich hupt ein Auto, und ich drehe mich um. Ich traue meinen Augen nicht. Dann schüttle ich den Kopf: Schlafe ich noch? Das passiert, wenn man nervös ist. Du träumst, du seist wach, aber in Wirklichkeit träumst du noch. Denn das kann nur ein Traum sein!

In der Einfahrt steht ein kleines Cabrio. Und unglaublicherweise sitzt Ludmila am Steuer! Mit ihrem besten schmollend versnobten Gesichtsausdruck, leicht zerzaustem blondem Haar und einer Ausstrahlung, als könne sie grundsätzlich jede Situation meistern, dabei ist sie noch nicht einmal zwanzig.

Meine Freundin Ludmila. Die superelegante, ziemlich verwöhnte Ludmila ist immer für eine Überraschung gut.

„Vilu!“, ruft sie mir zu.

„Ludmila?!“, ruft Papa und kommt aus der Villa.

„Was machst du denn hier?!“, frage ich und bin mir immer noch nicht sicher, ob ich träume oder wach bin.

„Ich bin mit León hier. Wo ist er denn?“, erwidert Ludmila. Dann beklagt sie sich darüber, dass er sie nicht abgeholt hat. Die beiden sind schon gestern angekommen, aber sie ist beim Auto geblieben, da sie eine Panne hatten, während er eine andere Möglichkeit gesucht hat, zu mir zu kommen. Eine andere Möglichkeit? Nein, das kann nicht sein! Ich denke sofort an meine Vision von gestern Abend und was ich glaube, gesehen zu haben. Plötzlich kommt mir das gar nicht mehr völlig absurd vor! Ich schüttle den Kopf. Allmählich werde ich sauer. Nicht auf Ludmila natürlich, aber auf León, der mich betrogen hat und jetzt, an meinem großen Tag, einfach hier aufkreuzt. Ich werde ihm nicht verzeihen und habe auch nicht die Absicht, ihn damit so leicht davonkommen zu lassen.

„Er hat dich nie betrogen!“, erklärt Ludmila und unterbricht meine Gedanken. Was? Was sagt sie da?

Ludmila erzählt, alles sei nur vorgetäuscht gewesen. Ein Versuch von Melanie, León und mich zu entzweien, ihn für sich zu gewinnen und währenddessen kostenlos Publicity zu bekommen. Aber es hat nicht geklappt, denn als León das kapiert hat, ließ er alles stehen und liegen und überquerte den Ozean, um zu mir zu kommen. Gut, er ist nicht über den Atlantik geschwommen – Ludmila tendiert in ihren Erzählungen ein wenig zur Übertreibung –, aber mein Herz platzt trotzdem vor Freude, denn jetzt scheint alles wieder in Ordnung zu sein.

LEÓN HAT MICH GAR NICHT BETROGEN!

Ich bin optimistisch, weil Ludmila sich nicht auf eine so weite Reise begeben würde, wenn León nicht ehrlich wäre. Und da Ludmila früher eine große Expertin für Lügen war, würde sie sofort merken, wenn jemand ihr etwas vorlügt.

„Warum ist León dann nicht bei dir?", hake ich nach, denn ich bin mir nicht sicher, ob ich wirklich alles verstanden habe.

„Wir hatten ein Problem mit dem Auto, es ist nicht angesprungen. Deshalb hat er sich ein Pferd von einem Mann ausgeliehen, der zufällig vorbeikam, um so schnell wie möglich zu dir zu kommen."

Ein Pferd?

Ich mache einen Schritt zurück, und alles scheint um mich herumzuwirbeln, mir wird ganz schwindelig. Die Gedanken von gestern Abend kommen mir wieder in den Sinn – und meine Vision von dem Schatten am Klavier. Konnte es wirklich ein Schimmel gewesen sein?

ALSO WAR ER DORT!

UND DANN HAT ER MICH MIT CAIO GESEHEN.

OH, NEIN! BITTE NICHT!

JETZT DARF NICHT ALLES WIEDER

VON VORN ANFANGEN!

León denkt jetzt, ich bin mit einem anderen zusammen – und da ich weiß, wie stolz er ist, hat er bestimmt beschlossen, wieder zu verschwinden, als er uns zusammen gesehen hat, damit er sich nicht zum Narren macht und ich merke, dass er da ist. Es gibt nur eins, was ich tun kann: Ich muss mit León sprechen.

„Violetta! Warte! Wo gehst du hin?!", ruft mein Vater.

„ICH MUSS IHN FINDEN, BEVOR ER DIE INSEL VERLÄSST!“, GEBE ICH ZURÜCK UND EILE ZUM HAFEN.

Die Fischer schauen überrascht auf, als ich auf sie zu renne und nach einem Jungen fragte, der etwa so und so groß ist und die und die Frisur hat ... Es dauert ein wenig, bis ich mich verständlich machen kann, aber dann nicken sie und zeigen zur Insel der gebrochenen Herzen. Wie um Himmels willen ist er denn da nur hingekommen?

Caio fährt heute nicht! Aber ich kenne León gut: Er ist superhartnäckig und schafft es immer, zu machen, was er will. Aber wie soll ich jetzt auf die Insel kommen?

Caios Segelboot! Er hat mir beigebracht, wie man segelt, und eigentlich weiß ich jetzt, wie es geht. Er wird nicht ausflippen, wenn ich mir das Boot ausleihe! Ich ziehe es ins Wasser und nehme die Leinen! Mir ist sofort klar, dass dies keine gute Idee ist, aber ich bin mindestens genauso hartnäckig wie León, und darum mache ich weiter.

Die Insel ist so nah – und mein León ebenfalls. Ich möchte ihn finden, mit ihm sprechen und alles aufklären. So konnte es einfach nicht zu Ende gehen. Ich habe es gefühlt.

Die Wellen werden immer höher, und das Boot schaukelt jetzt gewaltig. Beim letzten Mal war das Meer glatt, und jetzt schüttelt es mich hin und her. Meine Segelkünste habe ich auch überschätzt. Und jetzt?

Die Insel kommt näher und näher, aber die Wellen sind jetzt sehr hoch. Der Wind ist zu stark. Mit einem ungeheuren Knall bricht der Hauptmast. Ich fange an zu schreien und habe keine Ahnung, was ich machen soll. Meine Arme und Beine sind vor Schreck wie gelähmt. Gleich krache ich auf die Felsen vor der Insel! Ich sinke! Es gibt nur eine Chance, zu überleben: Ich springe ins Wasser und verlasse das Boot. Es wird sofort auf das Riff geschleudert und zerschmettert.

Ich fühle mich schrecklich wegen Caio: Ich habe sein Boot zerstört! Ich werde ihm ein neues kaufen, genau so eins, wie er es sich wünscht. Es wird mein Geschenk an ihn für das bestandene Vortanzen, denn ich bin mir sicher, die Akademie nimmt in an. Das Meerwasser dringt mir in die Nase und lässt meine Augen brennen. Bevor ich über ein neues Boot für meinen Freund nachdenke, muss ich aus diesem Schlamassel herauskommen! Und wenn ich heute ertrinke, wer wird ihm dann eins kaufen? Plötzlich höre ich Leóns Stimme. „Violetta!", schreit er.

ER HAT MICH GESEHEN. JETZT BIN ICH IN SICHERHEIT. LEÓN WIRD MICH RETTEN.

Ich muss nur weiterschwimmen und über Wasser bleiben, bis er da ist. Ich bewege Arme und Beine und tauche dann wieder auf, um ganz tief Luft zu holen, werde aber von einer Welle getroffen. Ich huste, spucke Wasser und versinke wieder unter der Oberfläche. Ein grauenhaftes Gefühl!

„Violetta! Violetta!"

Ich gehe unter. Total erschöpft komme ich nicht mehr gegen die Strömung an. Ich weiß nicht, wie lange ich noch durchhalte! Ein verschwommenes Bild taucht in mir auf. Ich bin mit Papa im Pool. Ich bin ganz klein und klammere mich an ihm fest, so sehr, dass meine Knöchel ganz weiß sind.

„Schwimm, Violetta, du kannst es“, sagt Papa. „Wenn du schwimmen lernst, brauchst du dich vor dem Meer nicht zu fürchten. Es kann dir nichts anhaben.“

Okay, Papa. Ich beginne, wieder zu schwimmen. Ich kann es. Auch wenn die Wellen mich hinaus ins offene Meer drücken. Auch wenn ich keine Kraft und keine Energie mehr habe. Ich fürchte mich nicht vor dem Meer. Es kann mir nichts anhaben. Nicht jetzt, wo ich gerade León wiedergefunden habe. Nicht jetzt, wo ich mich selbst gefunden habe.

Ich bin *Tini* und gehöre hierher. Ich werde nicht aufgeben!

Als ich wieder auftauche, sehe ich León. Er schwimmt auf mich zu, greift nach meinem Arm und zieht mich an die Oberfläche. Zusammen kämpfen wir uns zur Küste. Wir umarmen uns und schleppen uns müde und durchnässt in eine enge Schlucht.

DA STEHT ER NUN WIEDER VOR MIR, NACH SO LANGER ZEIT. MEINE GEFÜHLE FÜR IHN HABEN SICH KEIN BISSCHEN VERÄNDERT.

„Was machst du hier?! Bist du verrückt?“, sagt León und zeigt auf das tobende Meer.

„Ich liebe dich, León.“

Wir erklären uns gegenseitig, was passiert ist. Alles war ein Missverständnis. Was Melanie und die Journalisten mich haben glauben lassen, was León darüber dachte, was er gestern Abend gesehen hat – alles ein riesiges Missverständnis. Die einzige Wahrheit ist, dass wir uns lieben, dass wir füreinander geschaffen sind. Dass unsere Herzen hier auf der Insel der gebrochenen Herzen geheilt sind.

„ICH LIEBE DICH, LEÓN."

WIR ERKLÄREN UNS GEGENSEITIG, WAS PASSIERT IST. ALLES WAR EIN MISSVERSTÄNDNIS.

„Ich habe immer nur dich geliebt“, sage ich zu León, und er lächelt mich an.

Wir küssen uns auf dieser kleinen Insel, während die untergehende Sonne unsere Gesichter in warme Farben taucht.

OBWOHL DIE ABENDLICHE BRISE ÜBER UNSERE NASSEN KLEIDER STREIFT, IST UNS NICHT KALT. ICH KÖNNTE FÜR IMMER HIERBLEIBEN.

Ich könnte Feuer machen und León für mich angeln gehen. Dann würden wir singen, uns noch länger küssen und glücklich sein.

„Aber solltest du nicht eigentlich schon längst auf dem Festival sein?“, fragt León, und meine verrückten romantischen Träumereien zerplatzen wie eine Blase.

„Ich bin genau da, wo ich sein sollte“, antworte ich.

Ich bedauere nicht, hierher gerast zu sein. Vielleicht ist es eins der wichtigsten Dinge, die ich je für mich selbst und für mein Leben getan habe. León ist meine Zukunft.

Aber auch das Singen ist meine Zukunft.

Jetzt, gerade als ich Tini in mir entdeckt habe, soll ich mir die Chance entgehen lassen, die Welt meine echte Stimme hören zu lassen?

Tini Tini Tini Tini Tini
Tini Tini Tini Tini Tini
Tini Tini Tini Tini Tini
Tini Tini Tini Tini Tini
Tini Tini Tini Tini Tini
Tini Tini Tini Tini Tini
Tini Tini Tini Tini Tini

Der Beginn meines neuen Lebens

Tini

AM HORIZONT TAUCHT EIN PUNKT AUF.

Er sieht aus wie ein Boot. Oder vielleicht – ein Schnellboot. Unfassbar! Es ist wieder dieser Angeber Stefano!

„Das sind sie!", ruft eine Frauenstimme. Das Schnellboot nähert sich, und an Bord sehe ich eine Blondine, die ich gut kenne. Ludmila! Natürlich! Das hätte ich wissen müssen. Stefano ist genau ihr Typ. Und endlich tut er mal etwas Selbstloses.

Ludmila hat Himmel und Hölle in Bewegung gesetzt, damit ich die Möglichkeit bekomme, meinen Traum zu verwirklichen!

„Wir bringen dich zum Amphitheater!", verkündet Stefano und winkt uns an Bord, während Ludmila mich anschreit, wie ich nur all diese Leute warten lassen kann. Stefano reicht León die Hand, und sie stellen sich einander vor.

„Nun ist mir alles klar", sagt Stefano und mustert León und mich von oben bis unten. Ich glaube, er ist froh, seinen persönlichen Konkurrenzkampf mit Caio nicht verloren zu haben. Mit der Vorstellung, dass er mich nicht rumgekriegt hat, weil ich schon einen Freund habe, fühlt er sich bestimmt besser. Jetzt ist er völlig auf Ludmila fixiert, die er zu beeindrucken versucht, indem er mit Vollgas losdüst.

„Ich bin so froh, dass wir euch gefunden haben!", zwitschert Ludmila. „Später musst du mir alles ganz genau erzählen. Jetzt sehen wir zu, dass du zum Festival kommst!" Ich nicke, aber dann schaue ich an mir herunter. Ich sehe aus wie Aschenputtel. Meine Sachen sind klitschnass, ich habe Sand unter den Nägeln, mein Haar ist nass und zerzaust …

„So kann ich nicht dorthin gehen. Schau doch mal, wie ich aussehe. Grauenhaft!"

„Du sieht mehr als grauenhaft aus, Süße", erwidert Ludmila pragmatisch. „Aber vergiss nicht, die unglaubliche Ludmila kümmert sich um dich. Setz dich hin und mach dich bereit." Ludmila setzt sich hinter mich, beginnt meine Haare zu kämmen und nutzt den Wind wie einen riesigen Fön.

Das Amphitheater ist zum Bersten voll, und meine Freunde erwarten schon ungeduldig meine Ankunft. Später werden sie mir erzählen, dass Isabella auf die Bühne gegangen ist und im Glanz des Scheinwerferlichts eleganter ausgesehen hat denn je. Sie hat gegen ihr Lampenfieber angekämpft und eine – sehr lange – Rede gehalten, in der sie sich bei allen bedankte, um die Zeit zu überbrücken, bis ich ankomme. Roko hat seine Schüchternheit überwunden und ist aufgetreten, um mir noch mehr Zeit zu geben, was alle überrascht hat – ganz besonders ihn selbst.

„Meine Damen und Herren – Roko!", hat Isabella gesagt, die erleichtert war, dass er ihr so unerwartet zu Hilfe kam.

Eloisa wird mir mit leuchtenden Augen beschreiben, wie Roko mit nichts anderem als seiner Stimme einen Rhythmus improvisiert hat, was viele im Publikum sehr begeistert hat, während andere ungeduldig auf meinen Auftritt gewartet haben. Und wie Ludmila rausgegangen ist, um mich zu suchen und geschrien hat „Wenn du jetzt nicht kommst, dann wird es nie was!"

Aber im Moment weiß ich nur, dass León hier bei mir ist und mich noch liebt und dass wir unser ganzes Leben vor uns haben und uns nie mehr durch Klatsch und Tratsch täuschen lassen werden oder von einem Rhythmus oder Stil

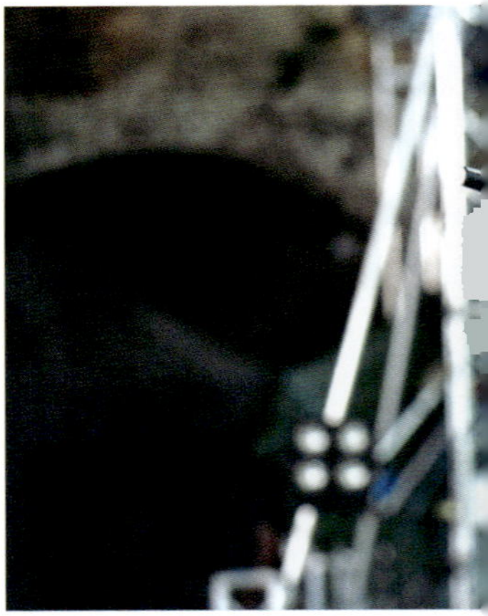

bestimmen lassen, den wir nicht leben wollen. Ich weiß, dass unsere Karriere uns immer wieder auf die Probe stellen wird, denn um alles zu geben, was du kannst, riskierst du, weniger Zeit mit deinen Lieben zu verbringen und alles aufzugeben, was dir etwas bedeutet. Dies war eine große Prüfung für unsere Beziehung, aber wir haben sie bestanden. Wir sind jetzt stärker und stehen uns näher als je zuvor.

Und wir werden nicht mehr zulassen, dass andere Menschen Entscheidungen für uns treffen.

NUN FANGEN WIR VON VORN AN.

Stefano stoppt das Schnellboot und legt an. Ich kann das Amphitheater schon sehen. Hier bin ich! Ich komme!

Als ich hinter die Bühne laufe, höre ich Isabellas kraftvolle, aber sanfte Stimme.

„Ich beglückwünsche Sie alle. Heute Abend habe ich das große Vergnügen, Ihnen eine junge, aber fantastische Künstlerin vorzustellen."

Mein Herz hämmert vor Aufregung, aber auch vom Rennen. Meine Wangen brennen, und mir ist danach, vor Freude laut zu lachen. Jetzt bin ich an der Reihe!

„Ihre Mutter sang vor zwanzig Jahren auf dieser Bühne. Und später wurden wir gute Freundinnen. Unser heutiger Gast hat das immense Talent ihrer Mutter geerbt. Sie hat ein wenig Zeit bei uns hier verbracht, um ihre neue Musik zu komponieren …"

Miranda und Eloisa warten besorgt auf mich und helfen mir, das schöne glitzernde Kleid anzuziehen, das Miranda für mich entworfen hat, und Ludmila schminkt mich.

„Deshalb wird heute Abend auf dieser Bühne ein neuer Star geboren … "

ICH BIN FERTIG. ICH SCHAUE IN DEN SPIEGEL UND SEHE EINEN NEUEN MENSCHEN.

Und es liegt nicht nur an dem weißen Kleid mit dem paillettenbesetzten Mieder und dem mich luftig umschmeichelnden Rock. Und auch nicht an meinem eleganten Make-up, das Ludmila gezaubert hat. Es liegt nicht nur daran, dass León da ist, der mich bewundernd und stolz ansieht und etwas abseits steht, damit ich diesen Moment voll auskosten kann. Es ist alles zusammen: Isabellas schöne Worte, Papa und Angie im Publikum, Ludmilas zufriedener und ein wenig eingebildeter Blick, die von den Cousins und Roko gestaltete Show, Eloisas Fotos, der ganze Spaß, den wir zusammen hatten und die gemeinsamen Mahlzeiten, die Unterstützung für Caio, die Partys am Strand und die Momente der Entmutigung, Tränen und Umarmungen ...

Die Erinnerungen an meine Mutter.

Die Zukunft, die auf uns wartet.

Denn was wir sind, hängt davon ab, wem wir begegnen, welche Entscheidungen wir treffen und was wir in jeder Sekunde unseres Lebens sagen und tun. Mit welchen Menschen wir zusammen sein möchten, welche Ratschläge wir annehmen oder ablehnen, was für Geheimnisse wir uns zuflüstern, wie bewusst wir Erfahrungen erleben, die andere schon gemacht haben oder noch machen werden. Die Menschen, die wir lieben, sind unsere Insel, der Ort, an den wir zurückkehren, wenn wir Inspiration für unsere Kunst und für unser Handeln brauchen.

Ich bin ein Teil dieser wundervollen Insel, und ich habe mich entschieden, ehrlich zu mir selbst zu sein, mich nicht von Problemen unterkriegen zu lassen, zu lernen, zuzuhören, bestimmte Dinge einfach abzuschütteln, die sich die Leute so erzählen, und mich auf meine eigenen Gefühle zu verlassen.

Ich werde Tag für Tag versuchen, mir mein eigenes kleines Reich zu erschaffen, in dem ich glücklich bin. Und zu singen – denn nur dann habe ich das Gefühl, ganz ich selbst zu sein.

„TINI!", RUFT ISABELLA

UND ÜBERLÄSST MIR DIE BÜHNE.

DIE SHOW BEGINNT.

Das fantastische Spektakel aus Licht und visuellen Effekten trägt mich weit weg, in meine eigene Welt, in der die Worte meines Songs ertönen. Er handelt davon, wie wichtig es ist, den eigenen Träumen zu folgen und nicht aufzugeben, auch nicht in schweren Zeiten. Ich fühle jedes Wort tief und wahrhaftig. Dies ist Tinis Lied. Mein Song. Ich bin hier, um zu strahlen. Als die letzte Note zu Ende ist, schaue ich auf den in Stein gravierten Namen meiner Mutter. „Mama!"

Ich habe Tränen in den Augen. Ich weiß, sie wäre stolz auf mich. Auf ihre Tini. Donnernder Applaus hüllt mich ein, und mich überkommt eine große Dankbarkeit, hier sein zu dürfen. Hinter der Bühne umarmen sich alle glücklich und aufgeregt. Ich glaube, ich sehe sogar, wie Stefano Ludmila küsst! Aber dafür habe ich jetzt keine Zeit. Die Show muss weitergehen! Ich hole Eloisa, Miranda, Roko, und die Cousins zu mir auf die Bühne. Sie verdienen ebenfalls Applaus! Eigentlich sogar mehr als ich, denn ohne sie wäre ich gar nicht hier.

DIE NÄCHSTEN BEIDEN TAGE FEIERN WIR IN ISABELLAS VILLA WEITER.

Die Gastgeberin lässt nicht eine einzige Gelegenheit aus, jeden Moment des Abends Revue passieren zu lassen.

„Ach, Germán", sagt Isabella, und zwinkert mir heimlich zu. „Du hast mich mal gebeten, das hier wegzuwerfen, aber ich habe es behalten."

Es ist ein Fotoalbum. Papa nimmt es entgegen, aber seine Hände zittern. Es ist voller Bilder von ihm, meiner Mutter und mir, als ich klein war. Wir sitzen auf dem Sofa und sehen es uns zusammen an, und zum ersten Mal fängt Papa an, mir seine schönsten Erinnerungen an Mama zu erzählen. Dann lachen wir uns darüber kaputt, wie er einmal versucht hat, ein Lagerfeuer ohne Streichhölzer anzuzünden und wie er ein anderes Mal ins Meer gefallen ist, als er versucht hat, einen Drachen zu fangen, der einem kleinen Jungen davongeflogen ist.

Ich bin vollkommen glücklich!

Dann fällt mir plötzlich Ludmila ein. Ich drehe mich nach ihr um und sehe sie in ein Gespräch mit Stefano vertieft. Einen Augenblick lang möchte ich sie davor warnen, dass er ein Angeber ist, aber dann denke ich, dass Ludmila wahrscheinlich besser als jeder andere auf sich selbst aufpassen kann! Ich konzentriere mich lieber wieder auf mich selbst und meine Lieben, die endlich bei mir sind.

León hält sich ein wenig zurück, aber er ist da. Wir werden noch Zeit haben, miteinander allein zu sein. Jetzt lässt er mir meinen Freiraum und genießt die schöne sizilianische Landschaft. Und Enzas Nachspeisen – mit seinem Charme und seiner natürlichen Ausstrahlung hat er sie sofort für sich eingenommen, und sie bringt ihm ständig alle möglichen köstlichen Gerichte und Kekse!

Miranda, Eloisa, Roko und die Cousins planen schon unser Treffen auf der Insel im nächsten Jahr. Und im übernächsten Jahr und in dem danach …

An dem Nachmittag, der auf das Festival folgte, ruft Isabella plötzlich nach mir. „Tini, hier ist jemand für dich!"

Ich laufe zur Haustür, wo mir ein leuchtendes Augenpaar entgegenstrahlt. Es ist Carmen mit ihrer Mutter Anna.

„Du warst toll!", sagt Carmen.

Anna lächelt und schaut mich geheimnisvoll an. „Ich möchte dir danken", sagt sie. „Du hast viel für meine Familie getan."

Ich schaue verständnislos zurück und fange dann an zu lächeln.

„Caio ist –"

„Caio hat es geschafft. Die Akademie hat ihn angenommen. Er wird Profitänzer, wie es immer sein Traum gewesen ist."

SO SIND TRÄUME. SIE KÖNNEN UNS WEIT BRINGEN,

ABER NUR WENN WIR SIE LASSEN.

NICHTS KANN MICH VOM TRÄUMEN ABHALTEN. ICH

BIN TINI, UND DIE GESCHICHTE MEINER ZUKUNFT

MUSS ERST NOCH GESCHRIEBEN WERDEN.

ZURÜCK IN BUENOS AIRES

Endlich bin ich wieder zu Hause! Natürlich ist es nur ein Zwischenstopp. Nicht für lange, aber es ist schön, wieder hier zu sein.

Ich bin schon vor fast einem Monat aus Sizilien wiedergekommen. Ich vermisse die wundervolle Insel sehr, aber vor meiner Abreise habe ich Isabella versprochen, dass ich nächstes Jahr wiederkomme, um sie zu besuchen. Und zwar nicht nur, weil ich bei ihr wieder zu mir selbst gefunden und einen wichtigen Teil meiner Geschichte entdeckt habe, sondern auch, weil ich alle meine Freunde wiedersehen werde.

Am Tag vor der Abreise haben wir unsere Adressen und Telefonnummern ausgetauscht – nachdem Papa von meinem „kleinen Abenteuer" auf dem Boot gehört hat und was mit meinem Handy passiert ist, hat er mir ein neues geschenkt und mir eine lange Predigt gehalten, dass ich gut auf meine Sachen aufpassen soll! Also texten wir uns jetzt und schicken uns Emoticons. Miranda hat gerade Fotos von ihren neuen Skizzen für einen Modewettbewerb geschickt. Eloisa hat sich entschlossen, die Fotos, die sie in Sizilien gemacht hat, in einer Ausstellung zu zeigen, und ist sehr aufgeregt. Gestern Abend hat Roko in einer superbekannten Location seiner Heimatstadt performt. Und die Cousins haben versprochen, dass wir bald von einer neuen, noch nie da gewesenen Licht- und Bildshow hören werden, aber mehr wollten sie nicht verraten, um die Überraschung nicht zu verderben. Ich bin sehr gespannt!

„Violetta, es fängt an!" León holt mich aus meiner Träumerei.

Ich renne zum Sofa, lasse mich neben ihn fallen und zittere vor Aufregung, als ich auf den Bildschirm des PCs sehe. Es ist die Liveübertragung eines Balletts im Teatro dell'Opera in Rom. Als die Fernsehkamera Caio heranzoomt, bin ich so gespannt, dass ich wie ein kleines Mädchen in die Hände klatsche. Da ist er und tanzt.

Ich wundere mich immer noch darüber, wie alles so schnell gehen konnte. Erst vor ein paar Wochen haben wir am Strand getanzt, und jetzt sind wir überall in der Welt verteilt und leben unsere Träume. Aber ich weiß, in meinem Herzen ist für jeden Einzelnen von ihnen Platz.

Ich hoffe, unsere Wege werden sich wieder kreuzen, sei es auf einer Party oder bei einem großen Konzert. Wir sind einander sehr wichtig geworden. Jeder von uns hat etwas gelernt, und im Austausch hat jeder den anderen etwas beigebracht.

UND DAS BESTE:

WIR LASSEN UNSERE TRÄUME WAHR WERDEN,

INDEM WIR AN UNS SELBST

UND DIE ANDEREN GLAUBEN.

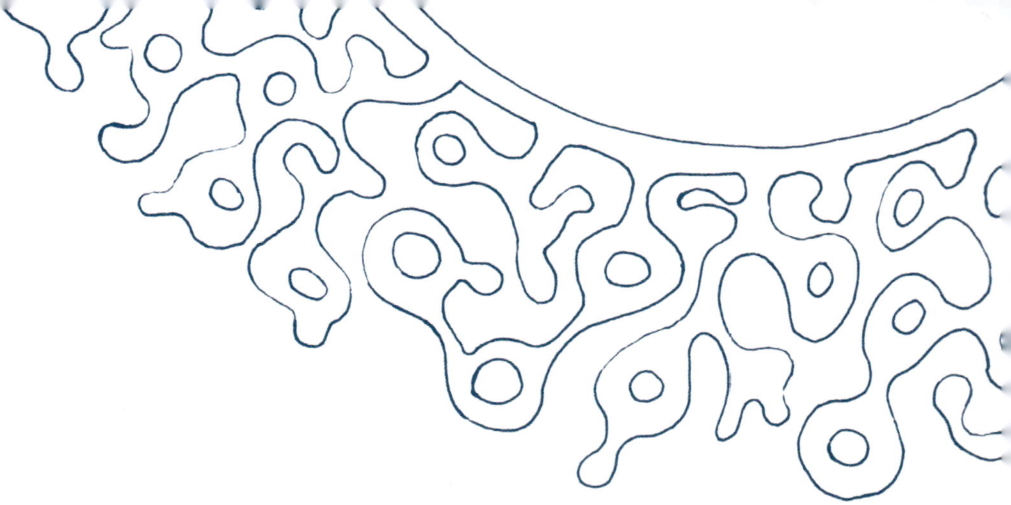

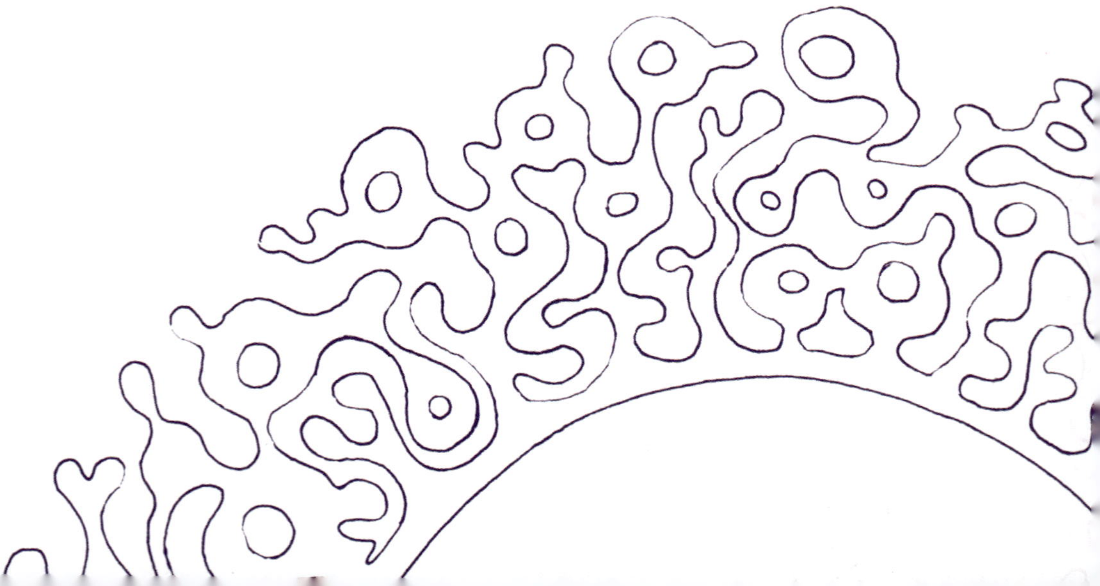

Schlechte Nachrichten S. 5

Reise in die Zukunft S. 29

Ein Traumhaus S. 47

Träume, die nach Zitrone duften S. 71

Ein Klavier auf dem Mond S. 93

Auf Marias Spuren S. 111

Wer ist Tini? S. 133

Heilung für ein gebrochenes Herz S. 151

Der Beginn meines neuen Lebens S. 169

Epilog S. 187